Rafael Hayrell

A MAIS
PURA
VERDADE

A MAIS PURA VERDADE

DAN GEMEINHART

Tradução:
Leonardo Castilhone

Novo Conceito

Título original: The honest truth

© 2015 by Dan Gemeinhart

Publicado sob acordo com Scholastic Inc, 557 Broadway, New York, NY 10012, USA

© 2015 Editora Novo Conceito

Todos os direitos reservados

Esta é uma obra de ficção. Nomes, personagens, lugares e acontecimentos descritos são produto da imaginação do autor. Qualquer semelhança com nomes, datas e acontecimentos reais é mera coincidência.

1ª Impressão – 2015

Impressão e acabamento Corprint 300115

Produção editorial:

Equipe Novo Conceito

Dados Internacionais de Catalogação na Publicação (CIP)
(Câmara Brasileira do Livro, SP, Brasil)

Gemeinhart, Dan
    A mais pura verdade / Dan Gemeinhart ; tradutor Leonardo Gomes Castilhone.
-- Ribeirão Preto, SP : Novo Conceito Editora, 2015.

    Título original: The honest truth
    ISBN 978-85-8163-633-7
    1. Ficção norte-americana I. Título.

15-00222   CDD-813.5

Índice para catálogo sistemático:
1. Ficção : Literatura norte-americana 813.5

Novo Conceito

Rua Dr. Hugo Fortes, 1885

Parque Industrial Lagoinha

14095-260 – Ribeirão Preto – SP

www.grupoeditorialnovoconceito.com.br

Save the Children

Parte da renda deste livro será doada para a **Fundação Abrinq – Save the Children**, que promove a defesa dos direitos e o exercício da cidadania de crianças e adolescentes.

Saiba mais: **www.fundabrinq.org.br**

PARA KAREN,
POR TUDO E SEMPRE.
E PARA MARK,
AGORA LÁ NAS MONTANHAS.

CAPÍTULO

1

QUILÔMETROS
RESTANTES:
423

A montanha estava me chamando. Eu tinha que

fugir. E como tinha...

E eu não precisava de ninguém para ir comigo.

Apertei as fivelas da mochila e segurei a porta da frente aberta com o pé.

— Vamos, Beau! — eu chamei, e minha voz saiu perfeita. Estava forte. Como eu.

Beau saiu correndo pela porta, com o rabo batendo nas minhas pernas. Ele estava dançando com as patas da frente na varanda, os olhos, cada um de uma cor, sorrindo para mim, e a língua para fora de felicidade. Curvei-me à frente e fiz carinho atrás da orelha dele, do jeitinho que ele gostava, da maneira como só eu sabia fazer.

— Você está sempre pronto para passear, não é, amigão?

Ele bufou um "sim".

— Bem — eu disse, pegando a coleira da mochila e ficando de pé. — Você está a fim de uma caminhada daquelas.

Olhei para o horizonte, para as montanhas nevadas ao longe.

— Essa será a maior caminhada de todas. Essa é a mais pura verdade.

Fechei a porta e não olhei para trás nem uma vez. Não me preocupei com a chave. Talvez eu nem voltasse.

Beau veio andando ao lado da minha perna por uns dez minutos, até a estação. A máquina fotográfica balançava e batia contra a minha barriga, dependurada por uma faixa em torno do pescoço. Quando vi a estação logo à frente, virei na esquina e me agachei em um beco. Minha respiração ficou ofegante de nervoso.

— Muito bem, Beau, do jeito que a gente treinou. — Puxei o zíper da mochila e a abri bem. Estava quase vazia. Bati na parte de dentro dela. — Vamos, Beau. Pode entrar.

Ele entrou rápido, deu algumas voltas em torno de si mesmo e sentou estabanado. Então olhou para mim.

— Caramba, você é um cachorro e tanto — eu sussurrei. O rabo dele tentou abanar dentro da bolsa. Peguei um petisco do bolso, ofereci a ele, que cheirou um pouco e o arrancou da minha mão em uma bocada.

Fechei quase todo o zíper da mochila. Beau desapareceu na escuridão lá dentro. Quando me levantei, o peso dele puxou meus ombros para baixo. Apertei mais as alças.

— Que bom que você não é um são-bernardo — eu sussurrei dentro da mochila, então saí do beco e fui até uma das cabines para comprar a passagem.

O homem do guichê olhou para mim por cima da revista que estava lendo. Arrumei meu boné vermelho de beisebol novinho em folha e dei uma pigarreada.

— Preciso de duas passagens — eu disse.

— Ônibus ou trem?

— Ônibus. Para Spokane.

— Vai viajar sozinho?

A palavra *sozinho* soou como uma campainha quebrada. Passei a língua pelos lábios.

— Meu pai está no banheiro — eu respondi. — Ele me deu o dinheiro para as passagens.

O homem acenou com a cabeça e bocejou. As pessoas são preguiçosas. Era com isso que eu estava contando.

— Está bem. Um adulto, uma criança. De Wenatchee para Spokane. São quarenta e quatro dólares.

Tirei o dinheiro do bolso da minha jaqueta azul e entreguei ao moço.

— O ônibus parte em dez minutos bem dali.

Peguei as passagens e caminhei até o local que ele apontou. Alguns ônibus estavam roncando, estacionados perto da calçada. Em um deles estava escrito *Spokane* na frente, igual às minhas passagens. Olhei por cima do ombro. O homem do guichê já estava de novo com os olhos grudados na revista. Passei direto pelo ônibus e virei a esquina do prédio.

Até a plataforma de trem.

Estava lá a pequena área coberta que eu tinha visto quando fazia meus planos. Aqueles bancos com a lata de lixo presa por trás, praticamente escondida. Dei a volta abaixado até a lata de lixo, olhei rapidamente para me certificar de que ninguém estivesse olhando, então tirei minha jaqueta e a enfiei no lixo. Meu boné vermelho e as duas passagens foram em seguida. Tirei da mochila o meu gorro verde de lã e o coloquei na cabeça.

Quando me virei para sair dali, senti a saliência no meu bolso. Respirei meio hesitante e peguei o relógio. Era um relógio de bolso antigo feito de prata, com uma proteção arredondada de vidro. Um presente do meu falecido avô. Mordi o lábio, com força. Podia senti-lo tiquetaqueando na minha mão. *Tique. Taque. Tique. Taque.* O tempo se esgotando.

Isto é uma coisa que eu não entendo: por que as pessoas gostam de levar consigo uma coisa que as faz lembrar de que suas vidas estão indo embora.

Joguei o relógio no chão com toda a minha força. Ele se espatifou no concreto. O vidro rachou, mas não quebrou. Travei a mandíbula e pisei nele, tão forte que meu pé doeu. O vidro se despedaçou e eu pisei mais uma vez, e aí os ponteiros entortaram. Pisei de novo, e de novo.

Levantei o pé para outro pisão, quando ouvi Beau gemer dentro da mochila. Meus pulmões estavam queimando. Minha respiração estava rápida e intensa, e eu passei a sentir um certo enjoo. Uma dor de cabeça leve começou a me incomodar. Beau gemeu de novo.

— Está tudo bem, Beau — falei, ofegante, e baixei o pé. Me abaixei para jogar o relógio na lata de lixo, mas parei. Olhei para o lixo, olhei para o relógio de prata todo quebrado. Endireitei as costas e senti a câmera contra meu corpo. Levantei-a à altura dos olhos e tirei uma foto dos pedaços entortados de relógio, espalhados pelo chão. Então chutei tudo para trás da lata de lixo.

Quando voltei por onde vim, avistei o trem parado. Era prateado, polido e roncava como um terremoto engarrafado. Fucei o bolso do meu moletom cinza e achei a passagem de trem que comprei ontem à noite pela internet com o cartão de crédito que peguei da bolsa da minha mãe. Senti até um frio na barriga.

— Indo para Seattle? — a moça perguntou quando pegou o bilhete da minha mão. Fiz que sim com a cabeça e comecei a embarcar. Não queria que ela me lembrasse. — Vai sozinho? Precisa de ajuda com as malas?

Tentei não olhar torto para ela.

— Não — respondi, sem olhar para ela, e subi as escadas do trem, com os meus dedos e pernas queimando por causa do peso de Beau.

O trem estava quase vazio, e encontrei um assento em uma fileira vazia na parte de trás do vagão. Do lado de fora da grande janela estava Wenatchee, o lar que eu estava prestes a deixar. O céu estava escurecendo. Os prédios baixos e armazéns em volta dos trilhos do trem faziam longas sombras. As nuvens eram negras e carregadas. Uma tempestade se aproximava, e ia ficando de noite.

Em algum lugar lá fora, naquela escuridão, estava Jessie, minha melhor amiga. E minha mãe e meu pai. Seus rostos flutuavam em minha mente. Eles não faziam ideia de que eu estava partindo. Não faziam ideia de para onde eu estava indo. Não teriam como me encontrar. Não teriam como me ajudar.

Pisquei os olhos com força e balancei a cabeça.

— Não preciso deles — sussurrei, olhando para a cidade, para as sombras. — Não preciso da ajuda de ninguém.

Talvez fosse verdade, mas eu não gostava de como minhas palavras soavam mais maldosas do que fortes. Toquei o vidro frio com os dedos, olhando ao longe a casa vazia para a qual meus pais voltariam.

— Me desculpem — eu disse, ainda mais suave. — Me desculpem.

Peguei uma caneta e um caderno na parte externa da mochila. Passei as folhas do meu dever de casa e abri na primeira página em branco, então pensei por um minuto. Fiquei refletindo, tentando achar as palavras certas para o momento. Uma ideia surgiu, lenta e tímida. Eu acenei com a cabeça. Contei algumas vezes nos dedos, minha boca se moveu silenciosamente com as palavras. Então eu as escrevi.

Do lado de fora, ouvi o grito: "Todos a bordo!".

Então veio o barulho de metal das portas fechando.

Olhei para as palavras que havia escrito no papel. Três linhas:

Sozinho, estou deixando meu lar.
Uma nova jornada, uma nova estrada.
Para as montanhas agora.

Deslizei a mão por dentro da mochila que estava no assento ao meu lado e apareceu a cabecinha de Beau. Ele lambeu meus dedos. Sua língua estava úmida e sua respiração, quente. Ele era macio. Era como um amigo. Acariciei atrás de suas orelhas e tentei não chorar. Fiz força para lembrar que eu não estava com medo. Pelo menos, não tanto.

Deixei minha cabeça cair para trás no encosto e procurei não pensar em nada além das montanhas.

Em algumas horas, minha mãe chegaria em casa.

Algumas horas depois disso, a polícia estaria procurando por mim.

CAPÍTULO
1½

A voz dela estava trêmula.

Como a última folha de uma árvore.

Tentando se controlar.

— Jessie, querida, o Mark está por aí? O Mark está com você?

Jessica Rodriguez balançou a cabeça enquanto falava ao telefone.

— É, não. Não o vi desde o colégio. O que houve?

— Ah... — disse a mãe de Mark, tentando rir. Sua risada mais parecia um engasgo. — Não é nada, tenho certeza. Só achei estranho ele não estar em casa a esta hora, e estava tudo escuro... — Sua voz vacilou. — O Beau também não está aqui. Me avise se ele aparecer por aí, está bem?

Mark não apareceu.

Normalmente, a polícia não sai atrás de uma criança desaparecida há apenas algumas horas. No entanto, quando sua mãe contou a eles sobre Mark, sobre sua história, eles prestaram um pouco mais de atenção. Quando ouviram o que os médicos haviam dito, ouviram com muita atenção. Quando descobriram o bilhete que ele deixara, deram toda a atenção do mundo.

Então, um pouco depois das sete da noite, dois carros de polícia pararam com pressa no estacionamento da estação de ônibus e trem. Os policiais não tinham um motivo aparente para achar que o menino havia partido, tirando o fato de que ele parecia ter fugido, e as únicas duas maneiras de uma criança fugir de Wenatchee eram de ônibus ou de trem. Um dos policiais pulou da viatura e correu até o ônibus parado, um ônibus que partiria para o Oregon, no sul. Ele olhou para as pessoas sentadas, procurando alguma criança viajando sozinha. Um garoto magrinho, com a pele pálida. Um garoto usando boné.

Ele não viu ninguém.

O outro policial correu até o guichê da estação de ônibus e bateu no vidro. Atrás do vidro estava um homem entediado lendo uma revista. Ele ficou menos entediado quando viu que eram batidas de um policial.

O oficial fez algumas perguntas, rápidas e diretas. O homem passou a língua pelos lábios, coçou o queixo, respondeu o que lembrava. O policial agradeceu com um aceno e caminhou de volta à viatura, onde se encontrou com o parceiro, que estava voltando do ônibus. Ele abriu a porta e pegou o rádio.

— Eu o encontrei — disse o policial.

— Ele está no ônibus para Spokane.

— Usando um boné vermelho.

CAPÍTULO
2

QUILÔMETROS
RESTANTES:
185

Saí do trem por volta das nove horas. Sozinho em Seattle, com toda a escuridão da noite para enfrentar. Estava chovendo.

Assim que deixei a estação, apoiei a mochila no chão e abri o zíper. Beau saiu pulando, com as garras tilintando na calçada molhada. Ele sacudiu todo o corpo.

— Temos uma longa noite pela frente, Beauchamp. — Fiz carinho atrás da orelha dele e dei um tapinha nas suas costelas. — Nosso ônibus só parte amanhã. Temos muito tempo para esperar.

Coloquei a mochila de volta nas costas. Beau desbravou as redondezas, fungando os cheiros estranhos da cidade grande e fazendo suas necessidades em todos os lugares para marcar território. Então começamos a caminhar.

A cidade estava escura. Não tinha tantos prédios iluminados, carros e pessoas andando quanto imaginei. A estação de trem de Seattle ficava em meio a armazéns e construções abandonadas. A maior parte das luzes das ruas estava quebrada. As únicas pessoas que vi pareciam sem-teto, encolhidas nas portas das garagens ou tossindo em becos escuros. Beau rosnou para elas e veio andando do lado da minha perna. Tudo cheirava a carros velhos e lixo.

Durante uma hora só vi alguns carros passarem. Quando via o reflexo de faróis e ouvia pneus cantando nas ruas, corria para me esconder na primeira sombra que encontrava e tentava prender a respiração. Segurava com força a coleira de Beau e sussurrava em seu ouvido para acalmá-lo. Os policiais já poderiam estar atrás de mim.

Ao passarmos por um lixão, um ruído brotou da escuridão. Um som alto e metálico, como o de uma lata de lixo caindo. Gritei e dei um pulo, meu coração disparou. Por pouco não joguei longe a mochila vazia. Beau latiu e o pelo de sua nuca se eriçou.

Quase saí correndo, mas não havia *para onde* correr. Ouvi um som de folhas amassadas, como se alguém ou algo estivesse tentando se levantar. Um arranhado. Beau rosnou baixo, um som vindo da garganta, e deu alguns passos para trás, sem tirar os olhos do barulho.

— Vamos embora — eu disse, com a voz hesitante. Continuamos caminhando, porém mais rápido. Olhei para trás, por cima do ombro. Beau também olhou. Mas, o que quer que fosse, não saiu das sombras.

A cada quarteirão, minhas pernas ficavam mais trêmulas. Meu estômago começou a se contorcer e não parava de engolir saliva. A dor de cabeça, que era leve, agora estava ficando mais forte. As alças da mochila estavam cravadas nos meus ombros. Eu estava muito cansado. Precisava descansar. Tinha que tentar comer.

Beau não estava mais balançando o rabo. Sua cabeça virava para a frente e para trás, fungando a cada som estranho e olhando para cada sombra. Um rosnado era constante em sua garganta. Tudo parecia perigoso.

À frente, avistei as janelas brilhantes de um restaurante vinte e quatro horas. Era um pé-sujo daqueles em que os cinzeiros nas mesas são feitos de plástico e eles servem café da manhã o dia todo. Senti o pequeno bolo de dinheiro no bolso da minha calça. Eu não tinha dinheiro sobrando, só o suficiente.

Coloquei a mochila no chão e a abri.

— Vamos lá, amigão — eu disse, dando um tapinha dentro da bolsa. Minhas palavras saíram em meio a respirações ofegantes. As orelhas de Beau viraram para trás e suas sobrancelhas se franziram do jeito que todo cachorro faz. Ele choramingou e balançou baixo o rabo.

— Eu sei — eu disse. — É um saco. Mas vou conseguir um pouco de bacon pra você.

Suas orelhas se levantaram ao ouvir aquela palavra. Ele bateu as patinhas na calçada algumas vezes, entrou na mochila e se enrolou ali dentro. Afaguei atrás das orelhas dele antes de fechar o zíper.

Minhas mãos estavam fracas, sem conseguir fechar o punho, mas dei um jeito de levantar a bolsa. Olhei para a escuridão à minha volta e entrei no restaurante.

O lugar tinha cheiro de velharia misturado com cigarros, café e ovos fritos. Imagens piscavam em uma TV dependurada, mas o som estava desligado. Comecei a sentir água na boca e o meu estômago se contorceu. A maioria das mesas estava vazia. Havia um casal de velhinhos mastigando sem conversar a uma mesa no canto, e um homem de barba longa e rabo de cavalo sentado sozinho ao balcão. Fiquei me perguntando se ele era morador de rua. Uma garçonete mascando chiclete estava debruçada no balcão, assistindo TV. Todos pareciam cansados e infelizes. A garçonete me analisou de cima a baixo.

— Só você? — ela perguntou. Sua voz era rouca e áspera. Eu confirmei com a cabeça. — Escolha a mesa que quiser, querido.

Coloquei Beau ao meu lado no banco, ainda dentro da mochila. Deixei uma mão sobre ele para mantê-lo quieto e abri um cardápio de plástico com a outra. Deixei a mochila apoiada nas minhas pernas sob a mesa. Não me sentia seguro naquela cidade. Eu estava tão cansado que as palavras embaçavam nos meus olhos.

— São quase onze horas. — A voz da garçonete no meu ouvido me fez dar um pulo. Os olhos dela transbordavam perguntas para mim. Através dos restos de maquiagem em seu rosto, eu podia ver a sombra de um olho roxo. A boca não parava de mascar o chiclete. Pisquei os olhos rapidamente e acenei com a cabeça. O mascar parou.

— E então? — Ela levantou as sobrancelhas e baixou o rosto para olhar para mim. — O que está fazendo sozinho na rua a esta hora?

Meu cérebro se esforçou para dizer uma boa mentira, mas ele estava muito cansado; tudo estava por um fio.

— Não… não estou sozinho. Meu pai está, é… logo ali.

Acenei com a cabeça na direção da janela. A garçonete olhou para a escuridão. No fim da rua, reluzia um letreiro em neon.

— Onde, no Bar do Barney? — Ela virou os olhos e balançou a cabeça. — Onze da noite e o cara está num bar, então seu filho come num pé-sujo. Que coisa maravilhosa. Bem a cara do meu pai.

Ela se abaixou e olhou para mim com os olhos mais ternos. Seus dentes voltaram a mascar o chiclete.

— O que vai querer, meu amor?

— Torrada. E uns ovos mexidos. — Lembrei de Beau sob o meu braço, deitado na escuridão da mochila. — E uma porção de bacon à parte. Por favor.

Os cantos da boca da garçonete se curvaram por um segundo no que provavelmente se tornaria um sorriso.

— Pode deixar.

Meu estômago roncou enquanto esperei. Estava vazio, mas não era bem uma fome. Eu estava acostumado com a sensação. A dor de cabeça havia aumentado. Pareciam punhaladas no meu crânio. Espremi os olhos de dor, então enfiei a mão no bolso do casaco. Minhas mãos envolveram o frasco. Cerrei os dentes, abri o pote e virei três comprimidos na mão. Enfiei os três goela abaixo em um só gole de água gelada. Eu era profissional. Sabia que aquele remédio faria minha cabeça melhorar.

Mas eu detestava comprimidos.

Deslizei a mão para dentro da mochila a fim de fazer carinho nas orelhas de Beau. Sua língua quente e macia lambeu minha mão. Ele era um cão tão bonzinho. Fechado em uma mochila, sentindo cheiro de comida de barriga vazia e ainda lambia minha mão. Lágrimas indesejadas brotaram dos meus olhos. O amor de Beau, de alguma maneira, trouxe à tona toda a minha tristeza reprimida. Mordi meu lábio e olhei para fora da janela, para a escuridão, tentando me lembrar da última vez em que estive feliz.

Eu precisava voltar no tempo. Bem lá atrás. Todas as memórias estavam infectadas agora, até as boas. Eu tinha que voltar a um tempo antes disso.

Era verão. Sete anos atrás. Eu tinha cinco anos de idade.

Jess tinha ido até minha casa e nós estávamos brincando no quintal dos fundos com Beau. Ele era apenas um filhotinho na época, pequeno e empolgado, sempre tropeçando nas patas.

Eu me sentia bem. Melhor. Não tinha enxaqueca nem nada.

Estávamos correndo e pulando sobre os jatos de irrigação. O mundo todo se resumia a grama verde, céu azul e ombros queimados de sol. Não precisávamos ter motivo para rir.

Crianças pequenas são tão bobas. Ainda não sabem de nada. Essa é a mais pura verdade.

Minha mãe estava na varanda de trás, bebendo limonada e tomando conta de nós, com um pequeno sorriso no rosto. Fico me perguntando se aquela também foi sua última lembrança feliz.

Deitamos na grama molhada para tomar fôlego. Ríamos e olhávamos para as nuvens. Comparávamos nossos umbigos. O meu era para fora e branquelo. O da Jess era para dentro, uma pequena cratera em sua pele morena cor de pasta de amendoim. Beau desabou entre nós, exalando aquele cheiro típico de cachorro molhado.

— Olhe — disse Jess, virando de lado e se apoiando no cotovelo. — O Beau parece uma mistura de nós dois.

Eu ri.

— Não, é verdade. Viu? — Ela apontou os dedos para o pelo dele. — O pelo dele tem duas cores. Marrom, como o seu cabelo, e preto, como o meu.

— É mesmo — eu disse. Eu tinha cabelos castanhos desgrenha-dos. Sentado no restaurante, enfiei a mão sob o boné e senti minha cabeça.

— E os olhos — ela continuou. — Um verde — ela disse, apon-tando de perto, com uma unha roída. Beau semicerrou os olhos e afastou a cabeça do dedo dela. — Como o seu. E um castanho — ela concluiu, tentando apontar para o outro olho. — Como o meu.

Gostei daquela ideia. Gostei muito. Ri muito, pois gostei daquilo.

— Ele é como nós dois — eu disse, com um sorriso de verão. — Juntos.

Mas, naquele momento, o telefone tocou. Minha mãe pulou para atender. Rápido.

Observei-a entrar na casa. Vi, através da janela, mamãe pegar o fone e encostá-lo no ouvido. Olhei para baixo, para o meu umbigo e a água empoçada em cima dele.

— Você acha que é a minha *mamá* ligando? — Jess perguntou, sentando-se e olhando para minha mãe.

— Não — respondi, ainda olhando para meu umbigo. Esten-di a mão e acariciei meu novo bichinho de estimação, cocei atrás das orelhas e sob o queixo dele. Ele fechou os olhos com alegria. Parecia gostar bastante de carinho atrás da orelha. Ele era o meu cachorro.

Meu Deus, eu já o amava muito.

Vi, com o canto dos olhos, o corpo de Jess enrijecer.

— Nossa — ela disse. — Mark, por que sua mãe está chorando? Aí minha lembrança feliz parou.

Pensei em Jessie. Lá perto de casa. Ela, a esta altura, já devia estar sabendo. Provavelmente ela sabia aonde eu estava indo. Pro-vavelmente, sabia por quê. Por alguma razão, aquilo fez com que eu me sentisse um pouco melhor. Como se eu e Beau não estivéssemos sozinhos. Imaginei-a com seus olhos castanhos, e como eles eram sérios e profundos, como ela conseguia enxergar o que eu sentia, com seu jeito calado, fazendo-me sentir melhor. Fechei os olhos por um instante e tentei senti-la.

Ali. Ali estava ela. Eu sorri um pouco comigo mesmo. Esse era o tipo de amiga que ela era. Éramos tão próximos que nunca ficávamos afastados de verdade.

Tirei o caderno da mochila e comecei a escrever sem pensar, parando só por um segundo para contar e ter certeza.

Mesmo a muitos quilômetros de distância,
um amigo ainda pode segurar sua mão
e estar ao seu lado.

Eu li aquela frase e acenei com a cabeça. Funcionou. A lembrança de Jess me fez sentir melhor, mas eu não conseguia me esquecer da imagem de minha mãe chorando. Eu sabia que ela deveria estar chorando naquele exato momento. Meu pai também, talvez. Já vi muitas vezes os dois chorando. Essa é a mais pura verdade. Minha respiração começou a ficar inquieta, então cerrei os dentes, procurando esquecer seus rostos. Pensar neles não seria bom para mim.

A garçonete saiu pela porta da cozinha com um prato de comida na mão.

— Desculpe, Willy, não é para você — eu a ouvi dizer para o cara no balcão que parecia um mendigo. — O Earl disse que você precisa ter dinheiro para a comida. Você tem sorte de eu conseguir esse café.

Ela se debruçou onde eu estava sentado.

—Aqui, meu amor. — Ela deslizou o prato na minha frente. Os ovos não pareciam nada com os que minha mãe fazia. As crostas da torrada também não foram cortadas, do jeito que ela fazia. — Ainda vai ficar por aqui algum tempo?

Ergui os olhos para ela, reparei em seus lábios grossos. Eu queria arrancar aquele chiclete de sua boca e jogá-lo longe.

— Não.

Ela deu de ombros.

— Fique à vontade, meu amor — ela disse, voltando para o balcão.

Olhando rapidamente em volta, peguei o bacon e o enfiei na mochila. A língua de Beau sugou-o da minha mão com lambidas esfomeadas. Tossi para disfarçar o barulho que ele fez.

Comi as duas torradas e me senti bem. Engoli seco e olhei para os ovos moles, fingindo que eles estavam bons. Eu precisava comer.

A primeira mordida melecada travou na minha garganta, mas engoli assim mesmo. A segunda mordida desceu com mais facilidade, mas meu estômago começou a se contorcer. Eu estava na terceira mordida quando vi o que estava passando na TV.

No topo da tela estavam as palavras *Notícias de Última Hora*. Logo abaixo estava um mapa do Estado de Washington, com um ponto vermelho piscante, e bem no meio estava escrito *Wenatchee*. De onde eu havia fugido.

Na parte inferior da tela, em letras garrafais amarelas, dizia *Alerta: Criança Desaparecida*.

Minha mandíbula parou no meio da mordida. Meu estômago se contraiu como um punho cerrado.

Enquanto eu assistia, eles destacaram uma linha sinuosa no mapa. A linha serpenteava do ponto vermelho de Wenatchee até um novo ponto vermelho que dizia *Spokane*. O esboço de um sorriso se formou nos cantos da minha boca. Meu truque havia funcionado.

No entanto, meu sorriso sumiu com o que apareceu logo em seguida. No alto da tela estava meu nome. Embaixo da tela estava um número de telefone. No meio da tela, ocupando quase toda a TV, estava uma foto minha. Era minha foto de escola. Meu boné vermelho estava na cabeça e eu estampava um enorme sorriso idiota. Eu odiava aquela foto.

Olhei para as pessoas no restaurante. Ninguém estava de olho na televisão. Tentei engolir a mordida, mas estava presa na minha garganta. Senti enjoo. Eu olhava para um lado e para o outro, entre a TV e os clientes. *Não olhe para cima*, pensei comigo mesmo. Meu rosto sorridente na TV me deixou nervoso. Parecia dizer: "Você não vai se safar dessa". Ignorei e esperei que a imagem mudasse.

— Vamos lá, vamos lá... — sussurrei.

Por quanto tempo mais eles manteriam minha foto no ar? Não tinha nada mais importante acontecendo além de uma criança boba que fugiu de casa?

A garçonete saiu pela porta vaivém da cozinha com uma xícara de café na mão. Ela fez uma bola de chiclete e andou até o balcão. Ficou bem de frente para a TV mostrando minha foto da escola. Prendi a respiração. Ela caminhou por trás do balcão e apoiou o café, então começou a contar o dinheiro do bolso de seu avental. A TV estava bem acima da cabeça dela. Fiquei congelado, mal podia respirar, com a boca aberta e o estômago se contorcendo como um peixe fora d'água.

A moça tirou os olhos do dinheiro e me viu. Não consegui evitar; meus olhos piscaram na direção da minha foto atrás dela. Ela parou de mascar o chiclete e virou a cabeça para a tela. Minha barriga se contraiu toda.

Assim que a cabeça dela virou quase por completo, a foto mudou para o mapa novamente. Ainda aparecia *Alerta: Criança Desaparecida* na tela, mas meu rosto finalmente havia saído de foco. Respirando ofegante, não tirei os olhos da cabeça da garçonete. Teria a foto mudado antes de ela me ver? Segurei o garfo vazio com toda a minha força.

A garçonete se virou de novo para mim e ergueu uma sobrancelha. Ela guardou o dinheiro e caminhou na minha direção, com o chiclete estalando na boca. Colocou uma mão no quadril e olhou para mim.

— Criança desaparecida, não é? — Ela se curvou um pouco e abaixou a voz. — Conte a verdade, querido. Aquilo assustou você?

Olhei para cima na direção dela, com a boca ainda aberta, incapaz de dizer uma palavra sequer. Todos os meus planos iriam para os ares logo na primeira noite, por causa de um prato de ovos com gema mole.

— Bem — ela continuou —, não se preocupe. Há mais gente boa no mundo do que ruim, acredite ou não. Aposto que vão encontrá-lo.

Ela deu uma piscadela para mim e eu tentei, desesperadamente, sorrir de volta.

Ela não me viu.

— Sei que é difícil — acrescentou, virando os olhos na direção da janela, para o letreiro de neon. — Ter um pai que não toma conta de você para valer.

Ela estendeu a mão e encostou na minha.

— Ele não sabe o que está perdendo, meu anjo. E você vai ficar bem. Meu pai era um bêbado e eu fiquei muito bem.

Finalmente comecei a respirar outra vez assim que ela se virou e saiu andando. Ela não suspeitou de nada. Balancei a cabeça e respirei com dificuldade. Como as pessoas são cegas. Essa é a mais pura verdade.

O número de telefone ainda estava na TV, abaixo do mapa. Peguei uma caneta, anotei-o em um guardanapo e o enfiei no bolso. Percebi que o mapa havia mudado. Agora, após a palavra *Spokane*, estava um ponto de interrogação. Mais três pontos surgiram na linha vermelha sinuosa entre Wenatchee e Spokane. Eram mostrados como *Quincy, Moses Lake* e *Ritzville*. É claro. O ônibus já havia chegado a Spokane àquela altura, e eu não estava nele. Portanto, deduziram que eu deveria ter desembarcado em uma das estações intermediárias. Eles ainda não haviam me rastreado.

Assim que fechei meu caderno, a náusea ficou pior: uma onda forte de enjoo que começou na barriga e subiu até a garganta. Agarrei-me nas bordas da mesa com as duas mãos, tentando me controlar.

Não adiantava. Eu conhecia aquela sensação melhor do que ninguém. Minha boca ficou seca, depois se encheu de saliva e no fim ficou azeda. Levantei rápido e corri até o banheiro. Vi a garçonete me observar cruzando o restaurante.

Mal cheguei lá, caí de joelhos na frente da privada, sentindo os ovos e a torrada subirem. Tentei ser silencioso, mas não há muito o que se possa fazer. Meu estômago se contraiu e eu perdi toda a comida que tinha conseguido engolir. Meus olhos lacrimejavam e minhas mãos tremiam também. O chão ficou imundo. A privada já estava nojenta antes de eu chegar, e não ficou muito melhor depois. Entre contrações, eu cuspia e tentava respirar pela boca e ler todos os palavrões arranhados nas paredes de metal da cabine do banheiro. Pensei no faminto Willy lá no bar, e eu vomitando todo o meu jantar.

A vida é um saco. Essa é a mais pura verdade. Mais uma coisa que eu não entendo: por que todo mundo sempre tenta fingir ser o que não é?

Limpei a boca na pia e corri de volta para minha mesa. Beau, graças a Deus, ainda estava na mochila. Fiquei com medo de que ele tentasse vir atrás de mim. Afaguei-o rapidamente atrás da orelha e fechei o zíper da mochila quando a garçonete surgiu por trás de mim.

— Você está bem, querido? Quer algum refrigerante ou coisa parecida? — Sua voz era toda carinhosa e preocupada. Como a de uma mãe. Aquilo só me deixou ainda mais irritado.

— Não — eu disse, sem olhar para ela. — Só preciso pagar. — Pus a mão no bolso e puxei o bolo de dinheiro.

— Tem certeza? Eu posso trazer mais torrada, ou chamar o seu pai, ou...

— Eu estou bem — cortei, e dessa vez olhei para ela. Pude sentir a raiva nas minhas sobrancelhas. Os olhos dela se arregalaram de susto. — Meu pai me deu dinheiro para a comida. Só me traga a conta para eu ir embora.

— Quer saber de uma coisa, meu amor? Não se preocupe. Fique com o dinheiro e não conte ao seu pai. Talvez seja útil mais tarde.

— Não preciso da sua ajuda. Eu estou bem. Só preciso pagar e ir embora. Me diga quanto foi.

Minha voz saiu mais irritada do que eu pretendia, mas meu estômago ainda estava roncando e minhas pernas estavam fracas. O cheiro de café e bacon estava me deixando mais enjoado, além de que Beau ainda estava preso na mochila. Eu queria ir para fora de uma vez para poder abraçar meu cachorro e sentir apenas o cheiro do seu pelo. Queria sair de perto daquela TV.

A garçonete estalou o chiclete algumas vezes, então acenou com a cabeça.

— São oito pratas.

Peguei uma nota de dez e outra de cinco do meu rolo de notas e as coloquei na mesa.

— Isso basta para o meu — eu disse. — E para o que o Willy quiser.

O mundo estava voltando a girar e o gosto de vômito não estava ajudando em nada. Guardei o caderno e a caneta, coloquei a mochila com Beau nas costas e passei rápido pela garçonete em direção à porta. Engoli seco e fiquei respirando curto para evitar vomitar de novo.

A mulher me acompanhou até a porta.

— Você está nervoso, garoto — ela disse, conforme abri a porta. — Mas talvez você tenha seus motivos.

— Talvez eu tenha — respondi, e a porta se fechou atrás de mim.

Do lado de fora, na escuridão, o ar fresco purificou minha mente. Meu estômago começou a se acalmar. Mas eu ainda estava irritado. Irritado com a TV. Irritado com a minha barriga. Irritado com a garçonete. Nem sabia direito por quê.

Saí pela beirada do estacionamento, até onde as luzes das janelas iluminavam o caminho. Contei minha reserva de dinheiro mais uma vez, então enfiei tudo de volta no bolso. Virei e olhei para o restaurante. Gotas de chuva respingaram na minha nuca. Naquela escuridão, em algum lugar não muito longe, o alarme de um carro disparou. O restaurante parecia aconchegante e alegre, com sua luz amarela reluzente, como uma gema mole na escuridão. Parecia seguro, um lugar para se abrigar do frio. Pude ver a garçonete tirando os pratos da minha mesa, conversando por cima do ombro com o casal idoso. Era um lugar com som e pessoas, um lugar onde a vida continuava. Eu detestava isso. Fiquei do lado de fora, fraco e com gosto de vômito na boca. Sozinho novamente.

Levantei a câmera do meu pescoço, enquadrei as janelas iluminadas do restaurante bem no meio do breu da noite que o circundava e tirei uma foto.

Não vi o grupo de caras que me observava nas sombras.

Quando me virei e saí andando por entre o lixo e o vidro quebrado, no meio da noite, eles me seguiram de perto.

CAPÍTULO
2 ½

A família dele aguardava.

Silenciosa e imóvel ao lado do telefone.

Querendo que seu filho voltasse para casa.

Jessie ficou esperando ao lado deles. De muitas maneiras importantes, ela fazia parte daquela família também. Eles se sentaram na sala de estar, com rostos pálidos, mãos nervosas e bocas contraídas. O silêncio pairava no ambiente; o do telefone, acima de tudo. A mãe de Mark quase nunca chorava, embora, quando chorasse, não fizesse qualquer barulho. Ela ficara muito boa em chorar calada.

O relógio já dera oito horas, o horário em que o ônibus deveria chegar a Spokane. Os policiais tinham certeza de que Mark estaria naquele ônibus, e estavam prontos para recebê-lo na estação. Só que o telefone não tocou. Mas deveria. Deveria ter tocado, e depois uma voz grave deveria ter dito que estavam com Mark e que ele estava são e salvo. Mas não tocou. Não até as oito e quinze. Então uma voz hesitante disse-lhes que o ônibus havia chegado a Spokane, porém Mark não estava nele. Ele tinha sumido de novo. A mãe de Mark afundou o rosto nas mãos. O pai sussurrou alguma coisa indecifrável e pressionou os dedos nos olhos.

Jessie franziu a testa e espremeu uma mão contra a outra, lembrando-se de uma ideia. Uma ideia que havia começado a soprar em sua cabeça desde que ouvira sobre o desaparecimento de Mark, mas ela tinha ignorado. Afinal de contas, Mark tinha entrado em um ônibus para Spokane. Sua ideia não fazia sentido.

Mas, já que o ônibus estava em Spokane e Mark não estava dentro dele, a ideia falou mais alto. Agarrou-se em sua manga e andou lado a lado com seus pensamentos.

Os policiais agora estavam perdidos. O ônibus havia parado em três cidades entre Wenatchee e Spokane. O motorista, cansado e entediado, não prestara atenção a quem havia descido do ônibus. Eles acionaram a polícia nas três cidades, e nas três todas as viaturas de plantão foram atrás dele, tentando encontrar um pequeno garoto viajando ao lado de um cachorro manchadinho. Ele tinha que estar em uma dessas cidades, os policiais disseram. Ligariam quando o encontrassem. Eles não precisavam se preocupar.

O pai de Mark estava em silêncio. Ele parecia exausto. A mãe tinha voltado a chorar.

Jessie olhou para a janela. A ideia dentro dela ficou ainda mais clara e insistente.

Ela ainda não sabia de tudo. Não sabia o que Mark sabia, não sabia do segredo que havia feito o garoto arrumar as malas e desaparecer na escuridão. Se soubesse, a ideia dentro dela teria esperneado, chutado e crescido como uma verdade inegável.

Entretanto, outra ideia lhe chamou a atenção. Ela não acreditou como não havia pensado nisso antes. Assim que percebeu, deu-se conta de que Mark jamais a deixaria sem se despedir.

— Tenho que ir — ela disse, e saiu correndo pela porta da frente.

Ela correu pela rua, atravessando o vento, a chuva cortante e a escuridão até sua casa. Entrou correndo pela varanda da frente e contornou os tijolos abaixo da janela de seu quarto. Mesmo no escuro, suas mãos não tiveram problemas em encontrar o tijolo solto, aquele com o compartimento secreto atrás dele. Mark e ela usavam aquele lugar há anos. Um compartimento secreto que só eles conheciam, um lugar que usavam para dividir segredos e mandar bilhetes.

Seu dedo cutucou o buraco. Em vez de tijolo, havia um papel. Ela mordeu o lábio e retirou o bilhete dobrado.

Uma mensagem secreta.

O sussurro do papel sendo desdobrado.

O último adeus de um amigo.

CAPÍTULO
3

QUILÔMETROS
RESTANTES:
185

Ouvi passos atrás de mim. Era mais de um par de sapatos, e estavam me seguindo no escuro. Eu havia planejado deixar Beau sair da bolsa assim que saísse do restaurante, mas continuei caminhando.

Olhei discretamente por cima do ombro. Tinha uns quatro ou cinco caras. Na calada da noite, eram apenas sombras me perseguindo. Havia uma voz baixa, algumas risadas. Pelos trejeitos e pelo timbre de voz, notei que eram adolescentes.

O caminho que escolhi estava escuro. O bar — aquele em que meu pai falso estava — ficava para o outro lado, e à minha frente havia apenas prédios vedados com tábuas de madeira e terrenos baldios. Minha raiva desapareceu. Comecei a andar mais rápido.

Ouvi uma voz de novo, só que dessa vez era tão perto que quase pude entender as palavras. Havia uma feiura na voz, meio grunhido, meio risada. Era uma voz que parecia estar lambendo os lábios. Beau se chacoalhou dentro da bolsa. Mudei-a para a outra mão e tentei andar mais rápido. Os comprimidos tiraram minha dor de cabeça, mas me deixaram com o cérebro nebuloso e o estômago enjoado. Respirei fundo o ar fresco para tentar clarear os pensamentos e acalmar a barriga. Não funcionou.

Cheguei a outra rua tão erma e obscura quanto a anterior. À minha esquerda, algumas quadras adiante, pude ver um pouco de luz, um pouco de trânsito. Virei e forcei meus pés a se moverem mais rapidamente. Já estava quase correndo. Olhei para trás, sem nem me preocupar em disfarçar. Eles também viraram.

Lá na frente, havia um poste de luz amarela iluminando a calçada. Faltavam poucos passos, mas parecia uma eternidade naquela escuridão e com aqueles lobos atrás de mim. Mantive os olhos focados na luz e ignorei meus pulmões em fogo e o estômago embrulhado. Ouvi outra risada. Parecia estar logo atrás de mim.

Você só precisa chegar até a luz, eu disse a mim mesmo.

Era uma coisa idiota a pensar. Essa é a mais pura verdade.

— Ei! Aonde você vai?

A voz era estridente e debochada. Eu não parei, não ousei olhar para trás.

— Por que está andando tão rápido? Não dá para acompanhar! — Era uma voz diferente, tão feia quanto a outra. Todos riram. Beau rosnou.

— Estamos falando com você, seu babaca!

Ouvi um grunhido, e uma pedra passou voando por cima do meu ombro, caindo na calçada. Rolou até parar sob a luz do poste. Fechei os olhos e continuei andando. Já sabia que não adiantaria nada.

Eu estava a cinco metros do poste quando os passos começaram a acelerar. Pelo tremor das minhas pernas e o ardor nos meus pulmões, eu sabia que não conseguiria correr. E que eles me alcançariam mesmo que eu chegasse ao tal poste.

Eles me pegaram assim que pisei no círculo amarelo que a luz formava. Uma mão irritada me fez girar e outra agarrou minha camiseta. Deixei cair a bolsa.

— Qual é o seu problema, babaquinha? Por que não quer conversar comigo?

O rosto era esquelético, pálido e nervoso. Foi tudo o que vi. Olhos negros com o branco avermelhado. Sobrancelhas unidas e franzidas. Espinhas vermelhas na pele branca. Uma boca maldosa, sorrindo como um tubarão. Pequenos dentes afiados. Seus amigos se esconderam nas sombras atrás dele, fazendo um círculo à minha volta. Eles riam à toa e me empurravam. Eram maus, feios e inevitáveis. Eu estava sozinho, com todos eles me cercando.

Lágrimas quentes e salgadas se derramaram dos meus olhos. Era demais para mim.

— Me deixe em paz.

O garoto bufou.

— Deixar você em paz?

— Por favor. — A voz saiu aguda e chorosa, já que minha garganta estava estreita.

— *Por favor* — o garoto disse com uma voz estridente, debochando de mim. Os amigos dele riram.

— *Que que cê* tem nessa mochila? — o garoto perguntou, engrossando a voz e mostrando agressividade. Expirei pelo nariz e fechei os olhos. — Você tem algum dinheiro?

Balancei a cabeça e tentei dizer não, mas só saiu um gemido fraco. Meu corpo estava cansado.

— Ah, aposto que tem — o garoto sorriu com desdém. Uma mão puxou minha mochila com força. Na bolsa nos meus pés, Beau rosnou. Ninguém pareceu ouvi-lo além de mim.

As mãos puxaram minha mochila com mais força ainda. As alças cravaram nos meus ombros. Risadas maldosas e zombarias soavam ao meu redor. Tentei ficar imóvel, permanecer de pé. Meu estômago se contorceu. Eu engoli seco.

— Vamos lá — disse o garoto à minha frente. — Vai passando.

Respirei fundo para acalmar meus pulmões.

— Não — eu disse. Minha raiva, seguida de medo, voltou com tudo. — Vão para o inferno.

Cerrei os dentes e fechei os olhos para segurar o vômito.

O primeiro murro me acertou nas costelas. Eu me curvei, perdendo todo o ar. Duas mãos me empurraram, com força, pela lateral. Tropecei em outras duas mãos, que me empurraram de volta.

Não, eu tentei dizer, mas nada saiu.

Senti um puxão final na minha mochila.

Outro soco, forte e dolorido, acertou meu estômago.

O mundo desabou.

Eu caí.

A dura e repentina calçada parecia uma lixa feita de concreto que causou uma dor torturante no meu corpo. Um pé acertou o meu estômago, outro, as minhas costas. Comecei a me levantar com as mãos e joelhos no chão, mas um murro acertou minha bochecha e apagou as luzes dos meus olhos.

Eu não chorei. Mas só porque estava com muito medo, enjoo e dor.

Minha mochila foi arrancada das minhas costas. Nem tentei impedir. Senti a bolsa com os pés. Ela ainda estava ali. Não queria que eles a abrissem. Beau era um cachorro pequeno. Eu sabia o que eles poderiam fazer com ele. Ouvi o zíper da mochila ser aberto.

— Nada — disse a voz de um garoto. — Só um monte de roupas, cordas e tranqueiras. Perdedor.

— E na outra bolsa? — outra voz perguntou.

— Não — eu murmurei. Beau não. — Meu dinheiro. No meu bolso.

Meu rosto estava na calçada, mas eles me ouviram. Mãos ávidas apalparam meus bolsos. Senti o bolo de dinheiro deslizando para fora.

— Caraca — a voz de um garoto sussurrou. — Tem umas cem pratas aqui.

— Deixe um pouco para mim — eu disse, com a voz rouca e a respiração curta.

— O quê?

— Não leve tudo. É meu. Deixe alguma coisa.

O garoto riu com deboche.

— Vou deixar alguma coisa — ele disse.

Uma mão agarrou meu ombro e me virou de barriga para cima. Abri os olhos a tempo de ver a escuridão do céu noturno, então o soco voando na minha direção. Acertou uma parte carnuda da minha boca e gerou uma dor lancinante. Meus pés se ergueram. Meus ombros se curvaram. Sangue, quente, grosso e salgado, correu pela minha garganta.

O rosto pálido olhou para mim, com a luz do poste por trás dele. Vi que olhou para a minha máquina, ainda pendurada no meu pescoço. Minhas mãos se levantaram rapidamente e a seguraram.

O garoto puxou com força os meus dedos enroscados na câmera. Segurei com mais força.

— Dá isso aqui.

— Não. — Não sei se disse ou se apenas pensei. Meu corpo doía horrivelmente. O garoto puxou com mais força. E eu segurei com mais força. Ele chacoalhou e repuxou, mas meus dedos viraram aço. Eu não ia soltar.

Ele deu um último tranco e meu boné caiu no chão. Senti na cabeça a brisa fresca da noite.

O garoto, com o punho cerrado e preparando-se para outro soco, travou. Seus olhos viram minha cabeça exposta.

— Meu Deus — ele disse. — Qual é o seu problema?

Pisquei para ele.

— Você — respondi, com dificuldade.

Sua boca ficou aberta. O punho baixou lentamente.

Levantei a máquina e tirei uma foto dele.

— Talvez ele tenha mais — disse uma voz diferente. Ouvi um barulho aos meus pés, onde estava minha bolsa. Ouvi o zíper sendo puxado para trás.

Beau era um cão pequeno. Mas tamanho não é documento quando o assunto é defender o dono.

Beau pulou da bolsa como se fosse a própria sede de justiça. Como são todos os tipos positivos de raiva. Como se ele fosse a solução para os problemas do mundo. Ele veio para a escuridão para vingar o sangue escorrido na rua fria, com latidos, mordidas e muita bravura.

Ouvi gritos de surpresa. Berros. Xingamentos.

— Vamos embora! — gritou uma voz. Ouvi passos rápidos se afastando noite adentro.

O garoto que me dera o soco ainda estava me olhando. Senti uma coisa palpitar no peito. Depois, ele também foi embora, juntando-se aos outros, desaparecendo na escuridão.

Deitei na calçada, tossindo, engolindo sangue e sentindo vários tipos diferentes de dor. E havia muitos. As lágrimas escorriam quentes pelas minhas bochechas. A calçada estava dura sob minha cabeça. Pedaços de pedras incomodavam minhas costas. Comecei a me sentar, mas parei logo de cara; meu corpo doía muito em diversos lugares. Apoiei a cabeça na calçada e olhei para cima, para onde as estrelas deveriam estar, com os olhos embaçados pelas lágrimas. Não havia muitas. Talvez estivessem escondidas atrás das nuvens, ou talvez estivessem perdidas em meio às luzes da cidade.

Ouvi o *clique-claque* de patinhas vindo na minha direção. Beau. Não percebi que ele havia saído dali. Ele fora atrás dos garotos e os afugentara. Depois voltou para mim.

Senti sua respiração, o funga-funga do focinho na minha mão. Em seguida, no meu pescoço, na minha boca ensanguentada e no meu ouvido. Senti sua língua, primeiro suave, depois mais intensa, conforme foi ficando mais e mais preocupado, lambendo o sangue e as lágrimas do meu rosto.

Ele choramingou, um choro baixo, mas emocionado, e me cutucou com o focinho.

Eu ainda estava respirando. Ainda estava olhando para onde deveriam estar as estrelas. Ainda sentia toda a minha dor e toda a minha tristeza.

E meu cachorro estava lambendo o sangue e as lágrimas do meu rosto.

Virei a cabeça para ele. Vi preocupação em seus olhos. Um marrom e outro verde. Senti novamente Beau me farejando e me lambendo. As lágrimas voltaram a cair.

— Ah, Beau — eu disse.

Minha voz estava tão áspera quanto o concreto nas minhas costas. As palavras saíam abafadas e embaralhadas pelo sangue na minha boca e por causa dos meus lábios inchados e partidos.

Ele choramingou de novo, com a respiração quente no meu rosto. Ele estava em uma rua escura, numa cidade estranha, longe de seu lar. E estava preocupado só comigo. Ele era o meu herói.

Com muita dor, estendi a mão até ele e o afaguei atrás das orelhas. Suas orelhas caíram e o rabo abanou. Coloquei os dedos no peito para sentir o que o garoto havia deixado ali. Fechei a mão e a trouxe para perto dos olhos: uma nota de vinte dólares. Uma das minhas notas de vinte dólares. Eu tinha cinco. Ele me deixou uma.

Isto é uma coisa que eu não entendo: por que as pessoas acham que eu preciso de ajuda só porque...

Enfiei a nota no bolso da camiseta e fechei os olhos outra vez, deixando as lágrimas queimarem minhas pálpebras e escorrerem pelo meu rosto até a rua.

Beau mexeu as patas com nervosismo, chorando.

Eu sabia que precisava me levantar. Encontrar um restaurante ou algum lugar com um banheiro para me limpar.

Mas estava enjoado demais. Triste demais. Dolorido demais.

Eu queria morrer bem ali, na calçada de uma cidade para a qual eu não dava a mínima. Toda a minha vontade de lutar estava perdida.

Estiquei o braço e alcancei as alças da mochila e da bolsa. Rastejei pela rua para fugir da luz, adentrando as sombras, trazendo-as comigo. Meu pescoço, costelas e cabeça protestavam enquanto eu me arrastava pelo chão. Pontadas de dor se fincavam dentro de mim. O gosto de sangue na boca era forte e amargo.

Finalmente, eu me vi contra uma parede de tijolos. As luzes da rua mal me tocavam. Acho que nenhum carro conseguiria me ver. Ótimo. Eu não queria que ninguém me encontrasse. Não queria que ninguém me visse morrer. Eu queria ficar sozinho.

Eu me encolhi de lado, com o rosto na parede. Beau ficou ali por um segundo, então se encostou nas minhas costas, cuidando de mim. Seu corpo estava quente.

Fechei os olhos e me deixei morrer.

CAPÍTULO
3½

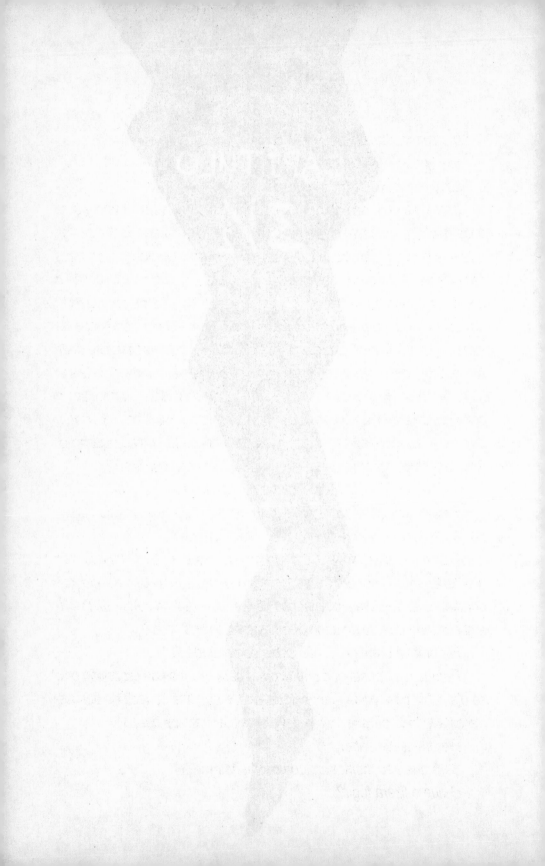

O sono escondido em meio a sombras.

Um amigo perdido em questões obscuras.

Chuva e vento do lado de fora.

Jess deitou-se na cama, com o bilhete de seu melhor amigo, agora desaparecido, amassado na mão. Ela o leu e releu tantas vezes que as palavras já percorriam sua mente sem que tivesse que acender as luzes para vê-las. A ideia que não parava de circular em sua mente, desde o telefonema da mãe de Mark, estava bem viva e não a deixava dormir. Ela sabia, de algum jeito inexplicável, que Mark estava bem longe da estrada para Spokane. Ele nunca fora para lá. Ela podia sentir para onde ele estava indo, e seu corpo estremecia só de pensar naquilo. Ela falava com ele, mesmo através da distância e da tempestade, que molhava e agitava sua janela; conversava por meio do amor que sentia pelo amigo, que estava vagueando só Deus sabe por onde. Ela podia até senti-lo. Esse era o tipo de amizade que tinham. Ela sentia a dor dele.

— Por quê? — ela perguntou para a escuridão.

Sabia para onde ele estava indo. Sabia o que ele estava fazendo. A pergunta que não queria calar era: "Por quê?".

Mas havia dois lobos rosnando na escuridão. O que rosnava "por quê" era seguido por um rosnado mais obscuro e mais calado que respondia. E ela gostava ainda menos da resposta que da pergunta. Levou embora todo o resto de sono que havia no quarto.

Ela amava o amigo. E não sabia como ajudá-lo.

Porque a resposta que queria gritar para os lobos da escuridão era: se ela sabia para onde Mark estava indo, e se tinha certeza de por que ele estava indo para lá, então deveria contar para os outros?

Ela precisava saber.

Será que seu melhor amigo escolheria morrer?

O que o fizera fugir?

CAPÍTULO
4

QUILÔMETROS
RESTANTES:
185

Acordei com o som de música.

Cuspi um coágulo de sangue seco e prestei atenção.

Eram anjos cantando. Eu não conseguia entender as palavras, mas era lindo.

Um vento quente, como uma respiração, soprou em meu rosto.

Eu consegui, pensei. *Eu morri.* Passei a língua pelo meu lábio partido. *Já não era sem tempo.*

Não havia nada além dos anjos cantando e do vento quente. E muita, muita dor.

Meus lábios doíam. Meus dentes doíam. Minha cabeça doía. Minhas costas doíam. Minhas costelas doíam.

— Porcaria — eu disse. Minha língua estava grossa e seca. — Não estou morto.

Beau pulou para o meu lado e esbaforiu um *bom-dia* na minha cara. Ele choramingou, lambeu os lábios e abanou o rabo com tanta intensidade que mexeu o bumbum. Ele me cutucou com o focinho.

— É, amigão — falei, parecendo um sapo. Minha garganta estava rouca e áspera. — Me dê um segundo.

Pisquei os olhos e tentei colocar um cotovelo embaixo de mim. Pontadas de dor se espalhavam das minhas costelas para o crânio. Tratei de me sentar e olhar em volta.

Eu estava sentado no asfalto sujo de um beco, acomodado num canto entre uma parede e uma caçamba de lixo. A caçamba estava desgastada e cheia de marcas, e aquele cheiro fez meu nariz acordar rápido. De alguma maneira, eu tinha conseguido me arrastar para trás dela. Em um *flash* meio embaçado, vivenciei novamente todo aquele pesadelo: sendo seguido, o medo, a raiva, o garoto com cara de rato, a surra.

O dinheiro.

Apalpei rapidamente os bolsos e encontrei. Uma nota de vinte dólares. E só isso.

Minhas mãos se fecharam em punhos. Minha respiração ficou intensa e acelerada.

— Não é o bastante — pensei alto, com a voz dura e cortante. Como vidros quebrados. Balancei a cabeça. A náusea cresceu na minha barriga. Minhas mãos amoleceram. Minha respiração se acalmou conforme me concentrei em não vomitar. Eu estava enjoado e cansado demais para impedir as lágrimas que pingavam dos meus olhos. — Não é o bastante — eu disse de novo.

Minha voz estava frágil e branda. Como vidros quebrados.

Beau choramingou de novo. Seu choro abriu meus ouvidos, e eu ouvi os anjos, ainda cantando.

Junto com as vozes melodiosas, veio um cheiro que superava o fedor da caçamba. Cebolas fritas. Feijões cozidos. *Tortillas* grelhadas. Os aromas eram apimentados e quentes e afetavam meu estômago de forma deliciosa. Tinha o mesmo cheiro da cozinha de Jess, quando a avó dela vinha do México a passeio.

Fiquei de quatro e olhei em volta da caçamba.

Havia uma porta aberta do outro lado do beco. A cantoria e os cheiros vinham dali de dentro. Foquei a vista na placa escrita à mão que estava pendurada na porta: *Restaurante San Cristobal. Por Favor, Use a Porta da Frente.*

Ao meu lado, Beau choramingava e lambia os beiços. Nós dois estávamos sentindo o cheiro daquela comida, e aposto que as nossas barrigas estavam dizendo a mesma coisa.

Levantei e tomei um baque quando minha dor de cabeça pegou forte, como se alguém tivesse aumentado o volume no máximo. Quase fechei os olhos e rangi os dentes. Beau estava perto da minha perna, com o rabo abanando contra mim.

— Fique aqui — eu disse. Suas orelhas abaixaram, mas ele não me seguiu quando fui mancando até a porta.

Lá dentro havia um corredor estreito, lotado de caixas. No fim dele ficava a cozinha, barulhenta e com sons de utensílios de culinária. Pude ver as costas de três mulheres, mexendo, picando e movendo panelas de um lado para o outro em fogões enormes.

Elas é que estavam cantando. Elas eram os anjos. Um pequeno rádio estava em uma prateleira, tocando alguma música em espanhol, mas suas vozes cantavam mais alto. Parecia que era uma canção sobre um coração partido, ou sobre esperança, ou talvez um pouco de cada. Suas vozes aumentavam, baixavam e vibravam de emoção enquanto trabalhavam. A melodia, com todas aquelas palavras tristes em espanhol, e os aromas agridoces das comidas nas mãos delas criaram uma mistura que me deixou sem reação. Encostei a cabeça no batente da porta e apenas respirei, ouvi, senti o cheiro. Era uma coisa maravilhosa.

Doía um pouco para sorrir com meu rosto todo quebrado. Mesmo assim, sorri um pouco. Então levantei a câmera e tirei uma foto daqueles anjos preparando aquela comida que tinha cheiro de paraíso.

Porém, a dor na cabeça, nos ossos e no rosto me lembrou de onde eu estava. E de quem eu era. E de por que estava ali. Pisquei os olhos e tentei tirar aquela maravilha da cabeça.

Havia duas portas no corredor, uma em cada lado. Através da porta à direita, eu vi um espelho, uma pia e a beirada de uma privada. Pude sentir o sangue seco no meu rosto. Eu precisava me limpar, e aquele banheiro seria perfeito para isso.

Olhei para trás na direção de Beau. Ele estava sentado ao lado da bolsa, perto da caçamba, olhando para mim com seus olhos ímpares. Ficara sentado perto de mim a noite toda. Correra atrás dos lobos e ficara de guarda durante a escuridão. Expirei de uma só vez e dei uma olhada em volta.

Então dei um tapinha na minha perna e gritei sussurrando:

— Venha, Beau! — Ele correu até mim antes que eu pudesse sorrir. — Mas fique quieto — acrescentei ao me esgueirar pela porta aberta.

O som de anjos ficara mais alto.

Elas estavam de costas para nós, mas eu sabia que podiam virar a qualquer momento. Corri até o banheiro e me enfiei lá dentro, enquanto Beau caminhava pertinho da minha perna com o rabo abanando. Vi de relance, através da porta encostada, o outro cômodo, do lado oposto do corredor. Era um escritório, ou coisa parecida, com um computador, um telefone e uma mesa bagunçada, coberta com papéis. Então encostei a porta do banheiro e fechei o trinco com muito cuidado.

Beau estava adorando os cheiros da cozinha. Ele olhou para mim, obviamente desapontado quando terminei de fechar o trinco.

— Desculpe, amigão — eu disse. — Não viemos aqui para comer. Só vamos...

A voz travou na garganta quando me vi no espelho.

Meu rosto estava todo ralado. Um olho contornado por um hematoma preto inchado. Outro hematoma bem escurecido na bochecha oposta. Meus lábios estavam rachados e ensanguentados. Entre eles, vi que um dos meus dentes da frente tinha perdido uma lasca. Uma trilha de sangue seco escorria pelo meu nariz.

Eu estava parecendo a porta do inferno. Essa é a mais pura verdade.

Senti algumas coisas começarem a desmoronar dentro de mim. Travei a mandíbula e engoli a tristeza.

— Não — eu disse para aquela cara detonada no espelho. — Você não vai chorar. Você não vai chorar.

E não chorei.

No entanto, ao limpar o rosto com papéis-toalha umedecidos, minhas mãos começaram a tremer. Mesmo dizendo a elas o contrário. E minha respiração vacilava ao entrar e sair dos pulmões. Mas meus olhos não choravam. As vozes dos anjos chegavam por uma entrada de ar logo acima da minha cabeça e ecoavam no banheiro à minha volta.

Tirei o boné para limpar a sujeira misturada com sangue no alto da minha testa. Não o coloquei de volta. Deixei que caísse no chão e ficasse lá.

Passei as mãos na penugem em minha cabeça quase careca. A careca que eu sempre tentava esconder. A careca que dizia ao mundo: *Esse é o garoto que tem câncer.* Berrava isso aos quatro ventos. Eu detestava aquela careca.

O cartão-postal amassado ainda estava no bolso da minha jaqueta. O garoto não se preocupara em procurar ali quando estava revistando meus bolsos. Tirei-o de lá com dedos trêmulos.

Havia uma montanha nele. Alta e coberta de neve, em contraste com o céu azul. Impressas em letras roxas frisadas na parte inferior estavam as palavras *Monte Rainier.*

Engoli seco. A montanha selvagem — bem no topo dela — era para onde eu estava viajando. Sempre soube que era loucura. Um garoto doente, fugindo de casa para escalar uma das maiores montanhas da América do Norte. Sozinho. É — sempre pareceu loucura. Mas lá naquele banheiro, cheio de sangue e hematomas, não parecia só louco. Pareceu uma estupidez. E impossível. Inútil. Pisquei os olhos ressecados e coloquei o cartão-postal de volta no bolso.

Limpei todo o sangue da cara. Mesmo o sangue novo que surgia quando eu limpava o sangue seco. Esfreguei até deixar o rosto limpo, e a pia cheia de pingos vermelhos, e o lixo quase repleto de papéis-toalha.

Eu parecia melhor. Mas não tanto.

O tempo todo eu pensava no dinheiro que não estava no meu bolso. E na comida que não iria para a minha barriga. E na dor que estava no meu corpo todo. E na montanha que eu ainda tinha que escalar.

Eu não chorei. Mas bem que poderia.

Olhei para o meu reflexo no espelho, ali parado sem chorar, com o boné no chão. Eu parecia pequeno. E fraco. Parecia sozinho.

Eu me odiava.

A máquina estava pendurada no meu pescoço. Segurei-a baixo em frente ao peito e tirei uma foto da minha imagem horrível no espelho. Não sorri. Minha pele parecia ainda mais pálida que o normal sob aquela lâmpada fluorescente.

— Vamos, Beau — eu disse. — Está na hora de…

Não consegui terminar a frase. Peguei meu boné e o pus de volta na cabeça. As patas de Beau patinaram no piso frio ao caminhar para mim e até a porta. Eu sabia o que tinha que fazer. Expirei de maneira cansada, abri a porta e quase atropelei uma das senhoras cantoras que estava andando até o beco, com um saco de lixo na mão. Ela era alta, com o cabelo puxado e preso em uma rede.

Nós dois paramos. Sua voz foi interrompida no meio da canção. Ela arregalou os olhos e seu queixo caiu.

Ouvi que ela gritou alguma coisa em espanhol. Não parecia ser nada ruim, irritado ou amedrontado. Apenas estava assustada.

Ela gritou de novo, ainda mais alto.

Os outros anjos pararam de cantar. Então vieram se juntar a nós naquele pequeno corredor. Os olhos surpresos delas me observaram de cima a baixo, depois analisaram Beau.

Eu poderia ter corrido. Talvez devesse ter corrido. Mas fiquei congelado. Pela fome e pela dor. Pela minha solidão. Pelo som de suas vozes enquanto estavam cantando. Pelas formas redondas e amigáveis de seus rostos, mesmo quando surpresas ao ver um garoto maluco e seu cão na cozinha delas. Por seus olhos castanhos que me lembravam os da Jess.

Elas sussurravam entre si com palavras que eu não compreendia. Então a mais alta esticou a mão para a frente, calma e lentamente, e tocou um machucado na minha bochecha. Eu não me afastei. Outra tocou o corte acima do meu olho.

Elas trocavam informações e suas vozes foram aumentando. Acenaram com a cabeça e disseram palavras carinhosas ao acariciar meus olhos, palavras que eu não entendia.

Era tão bom. Bom ser tocado. Bom ter alguém que se importe com você.

Então ouvi uma delas dizer uma palavra que eu conhecia.

Policía.

A palavra foi um banho de água fria no conforto que eu estava sentindo.

— Não — eu disse, balançando a cabeça. — Polícia, não.

Meu cérebro lutou para encontrar as poucas palavras em espanhol que eu conhecia.

— *Por favor, no policía.* — Acho que era assim.

Seus rostos se contorceram confusos, e seus sussurros ficaram ainda mais intensos e preocupados.

Vi o escritório atrás delas, do outro lado do corredor.

Apontei para ele, então aproximei a mão do rosto e fiz um gesto de telefone.

— Telefone? *¿Teléfono?* — eu disse, passando a língua pelos lábios rachados. — Quero ligar... eu preciso ligar... para meus pais. *Mamá.* — Eu disse aquilo com o sotaque espanhol no fim, como a Jess fazia. — *Mamá y papá. Teléfono. ¿Por favor?*

As rugas de preocupação em seus rostos se suavizaram. Elas sussurraram mais um pouco e depois deram um passo para o lado. A mulher alta, que primeiro me encontrou, pôs o braço em volta dos meus ombros e me guiou ao escritório.

— *Sí, sí* — ela disse.

Tinha cheiro de flores e comida quente.

Entrei no pequeno escritório, Beau sempre ao meu lado, mas olhando para cima e abanando o rabo de um lado para o outro. Ele sempre é amigável com pessoas em cozinhas.

Fechei a porta para bloquear olhares de curiosidade e os barulhos do rádio da cozinha. Minha boca estava salivando e meu estômago, roncando forte, mas eu me virei para o telefone na mesa bagunçada.

Pus a mão no bolso para pegar o guardanapo com o número de telefone nele. O número da tela da TV no restaurante. Tirei o telefone do gancho.

Ouvi a linha do telefone soando em uma orelha e, na outra, ainda podia ouvir o rádio tocando. Os anjos estavam silenciosos, aguardando. Mordi o lábio e senti o gosto de sangue.

Com os dedos trêmulos, comecei a digitar os números.

Pensei em como eu estava me sentindo mal, dolorido. Pensei nos socos e pontapés da noite anterior. Pensei em todo o dinheiro que se fora.

Pensei em quão pequeno e fraco eu parecia no espelho. E pensei na distância que ainda tinha que percorrer. A dor de cabeça rosnava ferozmente.

— Linha especial do Departamento de Polícia do Estado de Washington — uma voz surgiu do outro lado da linha. Lutei com a dor constante na cabeça.

— É... — eu disse. Minha voz mal saiu, então pigarreei e tentei novamente. — É. Aquele garoto desaparecido? Aquele de Wenatchee?

As palavras seguintes demoraram a ser ditas. Elas esperaram com as vozes ainda silenciosas dos anjos.

— Sim? — a voz disse no meu ouvido. — Pois não? Você tem alguma informação a respeito?

— Tenho — eu disse. E abri a boca.

Porém... Foi quando Beau latiu.

Beau quase nunca late. Ele quase nunca late mesmo. A menos que esteja enlouquecido. Essa é a mais pura verdade.

Seu latido reverberou no pequeno escritório. Pisquei e olhei para ele ali embaixo. As orelhas dele estavam apontadas na minha direção, mas o rabo não abanava. Ele girou a cabeça para o lado e olhou para mim. E chorou, só uma vez. Olhei para seu olho verde, depois para o marrom.

Minha mente clareou.

Isto é uma coisa que eu não entendo: por que desistir sempre parece bom até que você o faça.

Sim, eu estava doente e machucado. E daí? Não era nenhuma novidade.

Eu sabia que a maior parte do meu dinheiro havia ido embora. Mas ainda tinha um pouco.

Tudo bem, alguns trombadinhas arrancaram meu couro na noite anterior. Mas, depois, anjos me acordaram.

Claro que eu estava sozinho. Mas eu tinha Beau ao meu lado. E um Beau valia mais que um mundo inteiro cheio de solidão.

Olhei para o relógio na parede, próximo ao teto. Eu ainda tinha tempo.

— Com licença? Você tem alguma informação sobre a criança desaparecida?

— Tenho — respondi, jogando o guardanapo no lixo. — Ele está em Moses Lake. Eu o vi. Tenho certeza.

Desliguei o telefone.

Beau continuou parado, olhando para mim.

— Obrigado, amigo — eu disse. Ele abanou o rabo e pôs a língua para fora como um grande sorriso.

Os anjos estavam esperando no corredor quando abri a porta. A mais alta estendeu a mão e colocou alguma coisa na minha mão. Era um papel-toalha quente, todo embrulhado. Olhei dentro dele e vi uma *tortilla* fresquinha, com arroz, feijão, cebola, molho de tomate, coentro e frango grelhado. O cheiro que subiu quase me deixou de joelhos.

Lágrimas brotaram nos meus olhos. Talvez por causa de todos aqueles temperos no ar. Pisquei os olhos e me livrei delas, como o fizera no banheiro.

— *Gracias* — eu disse às mulheres. E uma só vez não era suficiente para agradecer, então eu disse novamente, segurando a comida quentinha nas mãos. — *Gracias*.

Elas sorriram e acenaram com a cabeça.

— Tenho que ir — eu disse em seguida, apontando com o queixo na direção da porta. — Minha *mamá*... ela está vindo. Preciso ir agora.

Mesmo sabendo que eu estava falando com alguém que não devia estar me entendendo, mentir para pessoas boas sempre dá uma sensação ruim. Mas era preciso. Então, foi o que fiz.

Elas disseram algumas palavras, a maioria das quais eu não conhecia, esfregaram meus ombros e fizeram carinho em Beau. Uma delas ofereceu a ele algumas *tortillas* quentes, as quais ele devorou em poucas mordidas.

No beco do lado de fora, apertei nos ombros as alças da mochila e peguei a bolsa vazia. Segurei o *taco* com uma mão e sabia que precisava comê-lo no caminho. Olhei para Beau e disse:

— Vamos, Beau. Temos um ônibus para pegar. — Respirei fundo e sorri. — E uma montanha para escalar.

CAPÍTULO
4 ½

Medo. Uma caminhada matinal.

Uma pergunta que precisa de resposta.

Batidas na porta.

A mãe de Mark foi atender. Ela parecia não ter dormido a noite toda. Jessie esfregou entre os dedos, em seu bolso, o bilhete que Mark deixara para ela.

— Ainda não tivemos notícias dele, querida — a mãe dele disse. — Sinto muito.

— Por que o Mark fugiu? — Jessie perguntou rapidamente, antes de perder o controle. Não havia tempo para "bom-dia". De qualquer forma, aquele não era um bom dia.

A mãe desviou o olhar e voltou-se para Jess novamente. Trouxe uma mão ao pescoço e passou a língua pelos lábios. Então, naquele momento, Jessie compreendeu. Mas ela, ainda assim, queria ouvir.

— Eu sei que é difícil, Jess. Mas agora estamos focados em trazê-lo para casa em segurança. — A voz dela estava cansada.

— Não — disse Jessie, balançando a cabeça. — Fale para mim. Eu preciso ouvir. Por que ele fugiu?

A mãe de Mark fechou os olhos por algum tempo. Então olhou através de Jess, para a luz do dia, suspirando profundamente.

— Entre, querida — ela disse.

O pai de Mark estava sentado à mesa, diante do telefone.

Jess sentou-se e, após alguma hesitação, a mãe de Mark contou tudo a ela. Falou sobre a última ligação do médico e o que ele havia dito. Contou sobre como Mark tinha recebido a notícia.

Às vezes, chorar é mais fácil quando alguém chora com você. Mas outras vezes só torna a situação ainda pior.

A mãe de Mark sentou-se, olhando para baixo, para as mãos, com os dedos entrelaçados. Eram as mãos de uma verdadeira mãe, suaves, só com pequenas rugas e o esmalte descascado. Estavam vazias, só podiam segurar uma à outra.

Jess ficou sentada, olhando para baixo com os olhos inchados. Estava com uma dor insuportável. Queria parar de respirar, porque sua respiração não se acalmava de jeito nenhum. Era incontrolável. Ela sentia a solidão do melhor amigo como se fosse um osso quebrado dentro dela. Sentia a falta dele, com o tipo de saudade que quase parece raiva.

Sim. Ela sabia exatamente para onde ele estava indo. E agora ela sabia exatamente por quê.

Ele confiara que ela não contaria nada a ninguém. Ela queria pegá-lo pela mão, trazê-lo para perto e lhe dar um tapa na cara.

Sentiu-se atada, como uma borboleta em seu casulo. Os olhos voltados para ela.

Antes que ela pudesse experimentar as asas, o telefone tocou. O pai de Mark atendeu. Suas palavras foram incisivas, breves. As sobrancelhas dele se franziram.

— A-hã. Está bem. Sim. Verdade. — Ele olhou para a esposa e balançou a cabeça, meio sim, meio não. — Tudo bem. Sim, é claro. Obrigado.

Ele apoiou o telefone e estendeu a mão para a mãe de Mark.

— Alguém ligou para a polícia há algumas horas. Disseram que o viram em Moses Lake.

Sua mãe tomou um susto.

— Ótimo, então! — Sua voz ganhou vida nova. — Havia mais alguma informação? Disseram por onde começar a procurar?

Ele balançou a cabeça.

— Eles acham que não era uma pista verdadeira. Parecia distante. Era a voz de uma criança. De um garoto. — Ele espremeu a mão dela. — Um cachorro latiu ao fundo.

A mãe de Mark sentou-se com a boca entreaberta.

— Mark — ela disse, enfim. O pai de Mark acenou com a cabeça.

— Eles rastrearam a ligação. Um restaurante em Seattle. Estão a caminho de lá agora mesmo.

CAPÍTULO
5

QUILÔMETROS
RESTANTES:
181

Contei as respirações ao observar Seattle passando pela janela do ônibus. Eu estava ofegante e não queria que ninguém notasse a minha presença. Minhas pernas ainda estavam bambas por terem corrido até o ônibus. Meu corpo não estava acostumado a exercícios. Não gostava de exercícios. A dor de cabeça estava cravando os dentes no interior do meu crânio.

Estiquei os dedos da mão direita. Eles queimavam por carregar Beau, que ainda estava dentro da bolsa, no assento ao lado, entre mim e a janela. Apoiei o cotovelo suavemente sobre a bolsa para que ele soubesse que eu estava sentado ali.

— Por que está respirando tão forte? — Um rosto surgiu da poltrona logo à minha frente. Só pude ver um cabelo ruivo cacheado, uma testa cheia de sardas e curiosos olhos verdes. Olhei à minha volta. Ninguém estava me observando.

Dei de ombros.

— Só estou cansado, eu acho. — Olhei novamente para a janela, na esperança de que ela me deixasse em paz.

— Cansado de quê?

Fingi não ouvi-la. Ela se inclinou ainda mais para trás por cima da poltrona.

— Cansado de quê?

Expirei pelo nariz e olhei para ela.

— Por ter corrido para pegar o ônibus.

A garota assentiu.

— Vou perguntar pro meu irmão se posso sentar do seu lado — ela disse e, antes que eu pudesse falar qualquer coisa, sua cabeça desapareceu.

O menino sentado ao lado dela parecia ter uns dezesseis anos e tirou o fone do ouvido só para dizer:

— Beleza, tranquilo, tanto faz.

Em um piscar de olhos, ela correu até mim, sem que eu tivesse a chance de demovê-la da ideia.

Empurrei Beau para o canto e pressionei meu corpo nele. A garota sentou-se ao meu lado, tão perto que eu podia sentir seu hálito de Doritos.

— Meu nome é Shelby — ela disse. — Tenho seis anos.

— Legal.

— Qual é o seu nome?

Eu quase disse, então me lembrei. Meu cérebro se embaralhou e soltou o primeiro nome que veio à mente.

— É... Jess. Jesse, quero dizer.

— Também está indo ver o seu pai?

— Como?

— No ônibus. Vai ver o seu pai?

— Não.

— Ah. Eu vou ver o meu. É a primeira vez.

— É a primeira vez que vai ver o seu pai?

— Não. É a primeira vez que o vejo na casa nova dele.

— Ah. — Olhei para trás pela janela. A cidade havia desaparecido. Havia apenas armazéns, chaminés de fábricas e os outros carros da rodovia.

— Meus pais se divorciaram.

— Ah.

Eu não queria ficar de conversa fiada. Queria dormir.

— Jesse?

Passei a língua pelos lábios e revirei os olhos, então olhei para ela.

— Sim?

— Seus pais se divorciaram?

— Não.

— Ah.

Olhei novamente pela janela. Encostado em mim, Beau sacolejou e tentou se coçar dentro da bolsa. Silenciosamente, me esfreguei nele através do tecido. Desejei que aquela garotinha chata me deixasse em paz para que eu pudesse deixá-lo colocar o focinho para fora e respirar um pouco de ar puro.

— O que houve com o seu rosto? — Seus dedos vieram na direção do meu olho roxo.

— Nada — eu disse, afastando-me.

Fixei o olhar no monte de nada que havia lá fora. Senti que ela ainda estava me observando. Travei a mandíbula. Talvez ela ficasse quieta se eu fizesse a mesma coisa com ela. Virei e me curvei, olhando bem nos olhos dela.

— Um grupo de garotos me bateu ontem à noite — eu disse, sussurrando baixinho. — Eles arrancaram o meu couro e levaram quase todo o meu dinheiro.

Ela arregalou os olhos.

— E por que eles fizeram isso?

Pisquei bem os olhos.

— Porque eu não parava de fazer perguntas a eles.

Ela pensou por um minuto, e então continuou:

— Eu teria parado de fazer perguntas — ela disse.

Lutei, mas não consegui evitar um sorriso que se formou no canto da minha boca.

— Acho que você não conseguiria — eu disse.

Ela sorriu de volta.

— É, acho que não. Eu gosto de falar.

— Deu para notar.

Ficamos sentados em silêncio por um instante. Esfreguei uma mão para cima e para baixo na lateral de Beau. Ele deu um suspiro sonolento que foi encoberto pelo som da estrada sob o ônibus.

— Se eles levaram boa parte do seu dinheiro — ela perguntou —, então como conseguiu comprar a passagem de ônibus?

— Eu já tinha comprado. Comprei pela internet.

— Ah. — Ela coçou uma casquinha no joelho. — Meus pais se divorciaram. Foi há pouco tempo. Agora moramos só com a minha mãe, porque meu pai se mudou. Essa é a primeira vez que vou ficar na casa dele.

— Agora preciso fazer umas coisas — eu disse.

Tirei meu caderno e minha caneta da mochila. As últimas palavras que eu escrevera foram aquelas no restaurante, antes de ser atacado e de ter ouvido aqueles anjos. Senti que precisava escrever alguma coisa sobre os anjos. Mesmo sabendo que eram só cozinheiras em uma cozinha barulhenta.

Lembrei-me das vozes dos anjos me acordando naquela manhã. Procurei pelas melhores palavras, então as contei na mente. Comecei a escrever:

Acordando de pesadelos.

— O que está fazendo?

— Lição de casa — eu disse, sem tirar os olhos do caderno. Pensei, contei nos dedos, então escrevi na linha seguinte.

Vozes de anjos me acordaram.

— Por que você está contando?

— Shhh.

Lembrei-me do telefonema. Lembrei-me de ter quase desistido. Lembrei-me da minha tristeza se transformando em raiva, e da minha raiva se tornando outra coisa. Uma coisa melhor. Eu sabia qual deveria ser a última frase.

Deixe os lobos para trás.

Deixei a caneta de lado e reli as palavras. Verifiquei minha contagem e acenei com a cabeça. Deus, como eu estava cansado. E sentia aquele tipo esquisito de fome de alguém que não quer comer.

— Por que tudo o que você escreve fica em grupos de três? — Shelby perguntou. Ela apontou para o que eu acabara de escrever, e as três linhas que escrevera no restaurante.

Eu estava cansado demais para mentir. Cansado demais para lutar. A garota não ia desistir. E talvez não fosse tão ruim assim ter alguém com quem conversar, sem que estivesse socando o meu rosto.

— É um tipo de poema — eu disse —, chama-se haicai. É sempre em três linhas.

— Por quê?

— É assim que é. E as linhas sempre têm o mesmo número de sílabas.

— O que é uma *síbala*?

— Uma sílaba. É um som. Como esta. A primeira linha de um haicai sempre tem cinco sílabas[1], apesar de eu ter mudado um pouco. — Li a primeira linha e bati palmas suavemente em cada som. — "Acor-dando de pesa-delos". Mesmo não sendo cinco sílabas, tem cinco sons.

Ela fez que sim com a cabeça.

— A segunda linha tem sete sons. — Li a segunda linha e ela bateu palmas comigo dessa vez. — "Vozes-de-anjos-me-a-cor-daram."

— Sete! — ela disse, com um sorriso imenso no rosto.

— Isso aí. E a última linha volta a ter cinco. "Deixe os lobos para trás". Usei cinco palavras, mas curtinhas. Cinco, sete, cinco.

Ela sorriu e correu os dedos pelas palavras na página.

— Gostei desse poema "hóquei" — ela disse.

---

1 Em razão das peculiaridades da língua inglesa, torna-se extremamente difícil reproduzir o número de sílabas desse tipo de poema em português. Por isso mesmo, a tradução fez adaptações nos haicais de Mark. (N.T.)

— É haicai. Eu também gosto. É o tipo de que eu mais gosto. Eu e minha amiga... — Minha voz parou quando pensei em Jessie. Engoli seco e continuei falando, para resistir ao fervor em meus olhos. — Eu e minha melhor amiga adoramos. Nossa professora favorita, da terceira série, foi quem nos ensinou. Nós usamos isso como um tipo de... código, eu acho. Escrevemos bilhetes em haicai. Às vezes até conversamos em haicai. É meio que... meio que uma coisa em comum. Uma coisa especial entre nós.

Shelby contraiu as sobrancelhas.

— Você tem uma melhor amiga menina? Tipo uma namorada?

— Não. É só uma amiga. Somos amigos desde sempre.

— Ah...

O ônibus acelerou e estremeceu, então preferi fechar o caderno. Um homem na poltrona de trás começou a roncar.

— Quando eu chegar lá — disse Shelby —, não vou falar com ele. Nenhuma palavra durante todo o fim de semana.

— Como assim?

— Com o meu pai. Não vou dizer uma palavra sequer durante o fim de semana inteiro.

— Por que não?

Ela levantou o queixo. Seus olhos verdes começaram a lacrimejar.

— Porque estou com raiva. Estou com *muita* raiva. — A voz dela ficou interrompida entre uma palavra e outra.

Os dedos dela se contraíram em suas coxas. Pude ver a irritação em seus lábios. No ruborizar das bochechas. No inflar das narinas.

Raiva era comigo mesmo. Essa é a mais pura verdade.

— Quer tirar uma foto? — perguntei.

Ela piscou os olhos.

— O quê?

Tirei a câmera de dentro da jaqueta e a levantei. Seus dedos relaxaram um pouco e as sobrancelhas se descontraíram.

— Aqui — eu disse. — Sorria. Primeiro vou tirar uma foto sua.

Ela mordeu o lábio inferior e olhou feio para mim. Deu para notar que não queria esquecer sua raiva.

— Sorria — repeti, e mostrei a língua para ela.

Um sorriso relutante brotou de sua carranca e eu consegui tirar uma foto.

— Perfeito — eu disse, e o sorriso dela permaneceu. — Sua vez.

Tirei a alça pela cabeça e lhe entreguei a câmera. Ela a analisou com os olhos e as mãos. Seu rosto se contorceu, confuso.

— Onde está a tela? — ela perguntou.

Eu ri.

— Não é uma máquina digital. É uma câmera das antigas, com um filme que você precisa trocar e revelar. Era do meu avô. Olhe por este buraquinho e aperte o botão na parte de cima.

Ela encolheu os ombros, então olhou para mim pela câmera.

— Você precisa sorrir — ela disse, com um dos olhos fechados enquanto enquadrava a imagem. Sorri com o canto da boca. — E tire o boné.

— Não.

Ela descontraiu o olho com a frieza da minha voz. Seu sorriso foi desaparecendo.

— Quero dizer, eu não quero. Vá em frente.

Sorri com o rosto inteiro e ela sorriu para mim, batendo a foto.

Ela olhou para a câmera por um segundo.

— Como a gente vê a foto?

— Não vê. Não até ir à loja que revela o filme. É das antigas. Mas está aqui dentro.

— Sei. Você tira muitas fotos?

— Sim, eu gosto.

— Por quê?

Dei de ombros.

— Sei lá. Acho que eu gosto... eu gosto... do sentimento de captar alguma coisa. De guardar alguma coisa.

Olhei da janela para as árvores, placas e casas de estranhos que passavam rapidamente. Então continuei:

— É como se, sei lá, eu levasse um pedaço de vida comigo. Todas essas coisas acontecem, todos esses pequenos momentos passam por nós e vão embora. Então *você* vai embora. — Inspirei profundamente e expirei no vidro da janela. — Mas, quando você tira uma foto, aquele momento não passa. Você o prende. É seu. Você pode guardá-lo.

Olhei de novo para Shelby. Ela me olhou vagamente, piscando.

— Entendi — ela disse.

Sorri e estendi a mão. Ela bocejou, abrindo bem a boca, e me devolveu a máquina fotográfica. Os pneus do ônibus se chocavam na estrada como se fossem batimentos do coração. Ela tombou a cabeça para trás na poltrona. Abri um pouco o zíper da bolsa e senti o focinho úmido de Beau fungando para fora. Apoiei a mão na bolsa, bem onde estavam as orelhas dele, e tombei também minha cabeça para trás. Estava cinza e escuro do lado de fora da janela. Parecia estar frio.

Shelby bocejou outra vez e apoiou a cabeça no meu ombro, o que eu deixei. Pensei no meu pai e na minha mãe. Uma súbita punhalada de amor me atingiu o coração. Seguida por um jorro de culpa. Culpa por tudo o que estava fazendo com eles. Como se já não os tivesse feito passar por sofrimento suficiente. Eles sempre fizeram de tudo por mim. E agora eu estava fazendo o pior possível para eles. Era preciso. Mas eu não tinha que me sentir bem por causa disso.

— Você não deveria estar com raiva do seu pai — eu disse a Shelby.

— Por que não? — Sua voz estava sonolenta.

Balancei a cabeça.

— Não sei. Acho que é melhor não ficar.

Ela não disse mais nada. Meus olhos piscavam mais lentos a cada carro que passávamos. Engoli um bocejo e deixei meus olhos fecharem. A dor de cabeça era incômoda, como se estivesse cravando dentes no meu cérebro. Pensei nos comprimidos na minha mochila. Mas não os peguei.

— Jesse?

— Sim.

— Você disse que não vai ver seu pai. Para *onde* você está indo?

Aproximamo-nos de uma placa verde ao lado da estrada que dizia *Paradise — 177 Km*.

Meu estômago se contorceu em um nó de medo.

— Vou escalar uma montanha — respondi.

CAPÍTULO
5½

Caixa de fotos velhas.

Bilhetinhos com palavras contadas.

Memórias de papel.

Jess deitou-se na cama e procurou lembranças na caixa de sapatos que mantinha na prateleira mais alta de seu armário. A maioria era de fotos dela e Mark, fotos que tiraram juntos com a câmera antiga dele. Também havia bilhetes; os bilhetes que trocavam na escola desde o jardim de infância, os bilhetes que ele deixava atrás do tijolo sob a janela dela. Conforme olhava para aquelas lembranças, ela esfregava as bochechas e o queixo de tempos em tempos para que as lágrimas não caíssem e estragassem as fotos ou borrassem as palavras.

Lá estavam eles, no primeiro dia de aula do jardim de infância. A mochila quase maior que seu corpo. Eles estavam no quarto de Mark. Ele estava deitado na cama. Tivera que começar o jardim de infância em casa, com sua mãe. Ficara muito doente para ir à escola durante a maior parte do ano. Mas, ainda assim, eles comemoraram o primeiro dia de aula juntos. E ele, ainda assim, queria uma foto do primeiro dia. Como todas as outras crianças tiram.

Uma foto deles nos toboáguas, no verão depois do primeiro ano. Na época, ele estava ótimo. Até acharam que ele melhoraria de vez. Ele fora à escola o ano todo. O sorriso dele era largo e saudável, assim como o dela; os dois estavam abraçados, com os braços magricelas entrelaçados. Ela gostava que as peles deles fossem diferentes — a dele branca e a dela morena —, mas seus sorrisos eram iguais. Apenas crianças felizes.

Terceira série. Uma festa na escola, para dar as boas-vindas a ele. Ele havia ficado doente de novo e tivera que faltar três meses. A turma inteira fez cartões para ele. A Sra. Wilson pedira que todos lhe fizessem um haicai, porque Mark adorava esse tipo de poema. Na foto, ele pa-

recia cansado, mas feliz. Todas as outras crianças estavam unidas em volta dele. Mark estava com um boné de beisebol grande demais para sua cabeça. Ele era a única criança que tinha autorização para usá-lo na escola.

Quarta série. Posando para a foto com seus uniformes de futebol antes do primeiro jogo. Os dois estavam com cara de animados. Fora o melhor ano de Mark. Ele nem chegara a ficar doente. Era quase como se o pesadelo dos quatro terríveis anos anteriores tivesse ficado para trás. Havia um bilhete também, que ele havia deixado no lugar secreto deles no início daquele ano. O médico disse que os exames estão ótimos!, *escrito com sua caligrafia péssima.* Festa de pizza para comemorar. Quer vir? *Jess fungou e olhou de um lado para o outro, da foto ao bilhete.*

Em seguida havia um cartão-postal, um que ele lhe dera no verão anterior ao quinto ano. Mark ficara aficionado por escalada de montanhas naquele verão. O avô dele havia sido um grande montanhista, e dera ao neto um livro sobre o assunto. Mark o lera várias vezes seguidas. Aprendera tudo sobre escalada e montanhismo, o que se tornara sua paixão secreta. Ele não contara sobre isso aos pais. Dizia que eles eram superprotetores. Também não contara às outras crianças, pois ninguém entenderia; ele era muito pequeno, muito doente para escalar montanhas. Mas ele contara a Jess. Contava tudo a Jess. A imagem no cartão-postal era de uma montanha azul, rochosa e coberta por um cone branco de neve. Parecia ter uns 200 quilômetros de altura. Sob a foto, em letras roxas divertidas, dizia Monte Rainier. *Jess virou o cartão ao contrário para ler as únicas duas palavras que Mark escrevera no verso.* Algum dia.

O último bilhete — além daquele que ainda estava amassado no bolso da calça dela — era de poucas semanas antes. Era curto e desleixado. Amanhã não vou. As dores de cabeça voltaram de novo. O médico quer fazer mais exames.

Ela deveria saber. Na verdade, já sabia. Só não queria admitir.

Seus olhos arderam e embaçaram a tal ponto que já não dava mais para evitar as lágrimas somente piscando os olhos. Mas ela não precisava olhar para as fotos para ver o rosto de Mark. Não precisava ler os bilhetes para ouvir a voz dele.

Ela sabia, com uma certeza horrível, o que ele estava fazendo. Mas há muitos tipos de coisas "horríveis" no mundo. O que ele estava planejando fazer era só um tipo. E talvez nem fosse o pior deles.

Às vezes ela detestava os médicos.

Ficara esperando na casa de Mark naquela manhã, esperando com os pais dele pela próxima ligação, a que eles tinham certeza de que seria a polícia dizendo que haviam encontrado Mark no restaurante e que ele logo estaria de volta em sua casa. Ela ficaria tão aliviada.

Foi então que o telefone tocou. A mãe de Mark atendeu e lhes contou que a polícia não havia encontrado nada além de um escritório vazio e algumas moças que trabalhavam na cozinha. Sim, elas viram Mark. Mas não sabiam para onde ele havia ido. Havia toalhas de papel cheias de sangue no lixo do banheiro.

O pai de Mark sacudiu a cabeça e fechou os olhos. Aquilo não fazia sentido. Mark estava doente, mas não tanto a ponto de sangrar por aí.

Os pais dele pareciam perdidos, confusos, tristes. "Onde será que ele está?", eles não paravam de se perguntar.

Jess sentou-se e mordeu tudo que viu pela frente. Ela colocou a mandíbula para funcionar para prender tudo o que sabia dentro da boca.

Mark sabia que ela sacaria tudo logo de cara. Ele confiava nela. Estava nas mãos dela.

Será que ela deveria trazê-lo de volta e salvá-lo? Ou salvá-lo e deixar que ele fosse adiante?

Não era justo. Estar tão triste e tão confusa ao mesmo tempo. Muita coisa estava em suas mãos, e muitas eram suas emoções. Ela estava perdida.

O que uma amiga deveria fazer?

Como ajudar quando ajudar e ferir são a mesma coisa?

CAPÍTULO
6

QUILÔMETROS
RESTANTES:

62

O ônibus fez um barulhão ao parar em um estacionamento de cascalho perto da estrada.

— Elbe — anunciou o motorista pelo microfone com estática. — Parada para fumar de cinco minutos.

A porta da frente se abriu, então o próprio motorista e algumas pessoas saíram para acender seus cigarros.

Estava chovendo. Nuvens cobriam tudo, de uma ponta à outra do céu, e estavam tão escuras que eram quase negras. O vento batia e empurrava as árvores para a frente e para trás.

Shelby ainda estava dormindo no meu ombro. Mas essa era a minha parada. Minha e de Beau.

Nos últimos quilômetros, enquanto ela ainda estava dormindo, escrevi um pequeno bilhete para ela. Era em três linhas de cinco sons, depois sete, depois cinco novamente. Basicamente, falava sobre ficar irritada. Bem, sobre *não* ficar irritada. Encaixei-o na mão dela. Ela passou a língua pelos lábios e os dedos se fecharam em volta do papel, e sua cabeça girou no encosto e saiu do meu ombro. Fiquei de pé, peguei as alças da bolsa com Beau e passei por ela na direção do corredor.

O irmão dela estava sentado, olhando para fora da janela. Sons abafados de uma música nervosa escapavam por seus fones. Estiquei a mão e arranquei um dos fones de seu ouvido. Ele tomou um susto e olhou para mim.

— Preste atenção nela, seu babaca — eu disse. Sua boca ficou aberta de surpresa. Eu saí do ônibus.

A cidade de Elbe não era nada de mais. Uma curva na estrada de duas pistas. Algumas casas úmidas. Um hotel do tipo "pulgueiro" ao lado do posto de gasolina. Um velho vagão de trem, fora dos trilhos, fora transformado em restaurante. Meu estômago variava entre fome e enjoo. Eu tinha que tentar comer.

A chuva caía ao meu redor, batendo nas poças em meio ao cascalho. Minha cabeça parecia uma bateria sendo tocada com um martelo. Mantive um olho fechado, pois a dor na cabeça era muito forte. Enquanto Beau correu por entre as sombras das árvores farejando e marcando território, procurei os comprimidos no bolso do meu casaco. Chacoalhei o frasco na mão, com a promessa de acabar com aquela dor insuportável. Mas eu sabia que o remédio me deixaria enjoado outra vez. Outra refeição perdida para o vaso sanitário. E eu precisava comer. Precisava ficar forte.

Mordi minha língua, então pressionei e virei a tampa do frasco. Antes que eu pudesse mudar de ideia, virei o frasco de ponta-cabeça e joguei tudo fora. As pequenas pílulas brancas caíram como flocos de neve duros e pesados. Quase brilhavam de tão claras, em contraste com aquele estacionamento escuro.

Elas caíram espirrando em uma poça de lama perto dos meus pés.

A partir de agora eu teria que aguentar a dor. Ela não me mataria. Bem, *mataria*, mas esse era o objetivo. Essa é a mais pura verdade.

A garçonete do vagão estava muito ocupada para ficar fazendo perguntas. Eu disse a ela que minha mãe estava dormindo no hotel do outro lado da rua, então ela tirou uma caneta do cabelo e anotou o meu pedido.

A comida era boa e eu consegui mantê-la na barriga, mastigando mesmo morrendo de dor de cabeça. Beau ficou sentado como um santo na bolsa aos meus pés. A comida estava salgada e quente, e eu dei a ele o máximo de pedaços que pude.

Enquanto esperava pelo troco, olhei pela janela do vagão-restaurante, através da chuva, até o posto de gasolina. Um carro estava sendo abastecido. Algumas pessoas com grandes mochilas de escalada estavam apoiadas contra a parede, para se proteger da chuva. Dentro de pouco tempo, um ônibus circular pararia para levar aquelas pessoas às montanhas. Era a última parte da minha jornada, que eu não completaria caminhando. Pelo menos não de acordo com os meus planos. Mas nos meus planos eu teria os cinquenta dólares para pagar o circular.

Eu poderia pedir uma grana aos trilheiros. Mas não queria. Eu iria até o fim sozinho. Não precisava da ajuda de ninguém. Eu não queria a ajuda de ninguém. Até porque eles ficariam desconfiados. Por que um garoto quereria subir uma montanha sozinho? Podia morrer lá em cima.

Peguei meu troco quando a garçonete o trouxe e atravessei a rua até o posto de gasolina. Não era bem um plano que eu tinha. Mas eu sabia aonde estava indo. E sabia como chegar lá. Esse era o meu plano.

Encostei-me na parede, a alguns passos dos trilheiros. Era um casal mais jovem, na faixa dos vinte anos. Os dois tinham cabelos compridos e lenços no pescoço.

O rapaz olhou para mim.

— Está indo para Paradise? — ele perguntou.

— Estou — eu disse. Esperei pela pergunta seguinte e fiquei imaginando qual seria a próxima mentira que contaria.

Mas o cara só acenou com a cabeça.

— Legal, cara — ele disse. — O circular deve chegar a qualquer minuto.

Enquanto esperávamos naquela tarde melancólica, muitas outras pessoas chegaram e se juntaram a nós. Um casal mais velho, sem equipamentos de escalada, mas carregando três câmeras e um binóculo. Uma família com duas crianças que corriam e gritavam sem parar. Um homem mais velho com um cajado, que era tão magro e saudável que parecia pronto para caminhar dois mil quilômetros sem sequer notar.

Eu me perdi na multidão. Gostei disso. Sentei-me no chão, contra a parede, e acariciei Beau através da bolsa.

Quando o circular estacionou, houve certa agitação. Bilhetes e dinheiro eram passados de um lado ao outro; mochilas eram entregues de mão em mão e guardadas nos bagageiros. O motorista caminhava para lá e para cá com uma prancheta. Ele parecia ocupado e mal-humorado.

Aproveitei o momento. Ele estava na traseira do ônibus, guardando uma mochila pesada no porta-malas. Peguei minha bolsa, esgueirei-me por entre as pessoas que ainda estavam do lado de fora e subi os degraus do ônibus.

Eu queria me sentar no fundo, longe do motorista, mas era um ônibus pequeno, e os únicos dois lugares livres eram próximos à frente. Precisava arranjar espaço para Beau dentro da bolsa. Sentei perto da janela e o acomodei na poltrona do corredor, tentando parecer indiferente. O restante dos passageiros preencheu os outros lugares à minha volta.

— Muito bem — disse o motorista, subindo e fechando a porta. — Partiremos para o Centro de Visitação Paradise, no Parque Nacional do Monte Rainier. Entrada para a montanha. Tomara que ninguém aqui esteja querendo escalá-la logo de cara. Vem aí uma tempestade daquelas.

Ele ligou o motor e engatou a marcha. Começamos a nos mover.

— Faremos uma pequena parada em Ashford, então chegaremos a Paradise em cerca de uma hora.

Eu tinha conseguido. Mais uma pequena viagem e estaria na montanha. Chegaria à montanha. Depois...

E depois.

Meu estômago deu um nó novamente. Senti meu coração pulsar no pescoço. Minha boca salivou e depois ficou seca. Minha respiração ficou curta e rápida.

Balancei a cabeça e pisquei forte duas, três, quatro vezes. Cravei as unhas na palma das mãos.

— Que se dane — sussurrei por entre os dentes. — Que se dane.

Isto é o que eu não entendo: por que todo mundo faz um escarcéu tremendo com relação à morte.

Morrer e viver. É tudo uma bagunça. Essa é a mais pura verdade. Aquilo me deixava irritado. Um tipo de irritação triste.

Em meio a todas essas emoções misturadas estava uma lembrança. Fechei os olhos e me apeguei àquela lembrança com toda a tranquilidade.

Eu estava doente de novo. Jessie tinha ido me visitar, o que era bom. Eu me sentia tão entediado e sozinho quando ficava doente. Eu estava de cama, Beau enrolado ao meu lado, como sempre. Minha mãe, que era obcecada por limpeza, principalmente com relação a cães sobre a cama, nunca enxotou Beau de perto de mim. Ela o deixava comigo, onde era o lugar dele.

Jessie me disse alguma coisa sobre eu estar muito quieto.

— Ah, ele é sempre calado — disse minha mãe, esfregando minha testa com os dedos suaves. Ela também estava ao meu lado, como Beau; ela sempre estava ali. — Ele sempre foi calado e pensativo.

Jessie balançou a cabeça. Ainda éramos apenas crianças, de uns sete anos de idade.

— Não — ela disse, como a criança séria que era. — Não é isso. Está mais para assustado.

Crianças pequenas são estúpidas. Elas dizem a primeira coisa idiota que lhes vem à cabeça, não importa se é verdade ou não. Não importa o quanto aquilo entristeça uma mãe.

— Assustado? — perguntou minha mãe, com uma risada nervosa. Seus dedos desceram aos meus ombros, onde ela me apertou gentilmente. — Do que ele teria medo?

A voz de Jessie virou um sussurro:

— Talvez ele esteja com medo de morrer — respondeu, com os olhos sérios e cheios de lágrimas.

Ela não estava sendo maldosa ou grosseira. Só não sabia como agir de outro jeito.

Mas eu ouvi minha mãe engolir seco, vi sua cabeça tremer um pouco. Eu sabia que, se olhasse para cima, seus olhos também estariam cheios de lágrimas.

Então não olhei para cima.

Minha mãe começou a falar.

— Ah, Jess, que coisa boba de se dizer, é só...

Mas eu a interrompi.

— Eu estou — eu disse. — Eu estou com medo de morrer.

Os dedos frios da minha mãe roçaram suavemente em minha testa quente. Pude ouvi-la respirar pelo nariz. Quase dava para ouvir palavras surgindo em sua boca, mas sendo engolidas em seguida, enquanto ela esperava pelas certas.

— Viver com medo não é jeito de se viver, querido — ela disse, enfim. — Eu... eu sei que é difícil, meu amor, mas não tem motivo para ficar com medo.

Seus olhos se voltaram para Beau, no meu colo, e para suas costelas subindo e descendo enquanto ele dormia.

— Veja o Beau — ela disse. — Você acha que ele deixaria qualquer coisa acontecer com você? Você acha que ele deixaria você sozinho pra lutar por conta própria?

— Não — eu respondi, com minha voz rouca. — Ele não deixaria. Ele é o melhor. Mas... os cachorros morrem, mãe. Os cachorros morrem.

Houve outro silêncio. Meus medos e minha tristeza estavam todos entrelaçados dentro de mim.

— Sim — minha mãe respondeu, depois de um tempo. — Os cachorros morrem. Mas os cachorros também vivem. Até um pouco antes de morrer, eles vivem. Eles têm vidas lindas e corajosas. Eles protegem suas famílias e nos amam. E tornam nossas vidas mais iluminadas. E não perdem tempo tendo medo do amanhã. Olhe para ele agora, querido.

Nós três olhamos para o sono do cão ao lado do garoto doente. Então afaguei atrás das orelhas dele.

— Ele não tem medo de nada — ela continuou. — Nem se preocupa com nada. Apenas vive a vida dele, no agora. Feliz por estar aqui agora, com você. Ele é um bom cachorro.

Ele *era* um bom cachorro. Estendi a mão e dei um tapinha nele, deitado dentro de uma bolsa em um ônibus ao lado de um garoto doente. Agora era a minha vez. Minha vez de viver uma vida linda e corajosa. Minha vez de viver, até o dia em que eu morrer. Mas eu não conseguia tirar minhas próprias palavras da mente: *os cachorros morrem.*

Estava tão entretido em minhas memórias que mal percebi quando o ônibus estacionou em frente a um pequeno hotel com um café na lateral da estrada.

— Ashford, pessoal — anunciou o motorista, abrindo a porta do ônibus e desligando o motor. — Só alguns minutos aqui. Mais passageiros vão subir.

Deixei a cabeça encostar na poltrona para esperar. Estava tão cansado que me doíam os ossos. Mas, antes que meus olhos pudessem fechar, o motorista se virou, olhou bem na minha direção e rosnou por entre os dentes:

— Eu sei o que você está fazendo, garoto. Saia do meu ônibus. Agora.

CAPÍTULO 6½

Outra noite chegou.

E, com ela, as mesmas questões.

O que faz um amigo?

Jessie sentou-se à mesa e cutucou a comida que estava esfriando no prato. Ela estava sem apetite. Sua mente e seu coração estavam cheios dos últimos dois dias.

Ela sabia que tudo dependia dela. Do segredo que ela guardava, o segredo que ninguém sabia que guardava. Era um grande segredo. Pesava no coração dela como uma rocha.

O último desejo de Mark: tornar-se ou não realidade dependia de ela contar ou não para os outros aquele segredo.

Ela sabia como os pais dele estavam arrasados; sabia como foram angustiantes as últimas vinte e quatro horas. Ela sabia como eles estavam tristes, desesperados e com medo. Eles só queriam seu filho doente de volta. Tê-lo ou não de volta dependia de ela contar ou não.

Estava tudo nas mãos dela. Balançou a cabeça, aguentando o peso daquele segredo.

Ela continuaria a guardá-lo, essa era a decisão que havia tomado em algum momento daquela tarde escura. Era um fardo enorme para o seu coração, mas o coração do seu melhor amigo estava suportando outro ainda maior, ela sabia disso. E a escolha tinha que ser dele. Tinha que ser dele.

— Oi, mi amor — disse a mãe dela, quebrando o silêncio. — ¿Cómo estás? Você está bem?

— Sí — respondeu Jessie, dando de ombros. — Estou bem, mamá.

Sua mãe estendeu a mão sobre a mesa e apertou a de Jess.

— Não se preocupe, amorzinho. Eles vão encontrá-lo.

Os olhos de Jessie baixaram.

— É, eu sei — ela disse.

A mãe dela recuou a mão e deu uma mordida em sua enchilada.

— Por que acha que ele fugiu? Parece algo terrível a se fazer com os pais, depois de tudo pelo que passaram.

Sem pensar, Jessie soltou sua resposta. Talvez porque estivesse cansada. Talvez porque não quisesse ver a mãe dizendo coisas ruins a respeito de seu amigo, não agora. Ou talvez porque seu coração não pudesse suportar o peso de dois segredos terríveis.

— Porque ele está morrendo — ela disse, com a voz baixa, os olhos ainda no prato.

A mãe parou de mastigar com a boca entreaberta.

— ¿Qué? O que quer dizer? — ela perguntou, de boca cheia.

Jessie sentiu os olhos cheios de lágrimas, mas piscou para afugentá-las, sugá-las para dentro a fim de manter o outro segredo bem acolhido.

— É que o câncer voltou — ela respondeu, com uma voz quase maldosa. — Descobriram na semana passada, depois de alguns exames.

Sua mãe engoliu lentamente e apoiou o garfo na mesa.

— Ah — ela disse. Depois, novamente... — Ah... — Ela pigarreou para limpar a garganta. — Mas isso não significa que ele vai morrer, filha. O câncer dele voltou. E daí? Ele já o venceu antes. O Mark sempre foi um batalhador. Você sabe disso.

Jessie largou seu garfo no prato com força. Ela balançou a cabeça e começou a chorar.

— Tudo bem, talvez ele não esteja exatamente morrendo. Mas era para ele ter melhorado, e não melhorou. Ele teria que recomeçar outra rodada de tratamentos amanhã. — Jessie, finalmente, olhou para cima, para os olhos arregalados da mãe. — E ele tinha acabado de voltar a se sentir bem. O cabelo dele estava voltando a crescer. E agora o câncer voltou e ele tem que começar tudo outra vez. — A menina encolheu os ombros e mordeu o lábio. — Então ele foi embora.

Pairou um silêncio. Um relógio tiquetaqueava em algum lugar da casa, em uma contagem regressiva da vida.

Jess pegou o garfo novamente e trouxe a comida para a boca. Ela não queria dizer mais nada. Tinha medo de que, uma vez tendo começado a falar, não parasse até contar tudo.

Então sua mãe fez a pergunta que ela mais temia:

— Para onde você acha que ele foi?

Jess engoliu seco.

Seu coração ficou tenso, o mais tenso possível, para guardar bem o segredo; ela se segurou até não poder mais para não entregá-lo.

— Não sei — ela disse, com a voz baixa e sem emoção.

Baixa e sem emoção por causa da luta em que se encontrava seu coração.

Era tão intensa.

Seu coração chegou a fraquejar um pouco.

Mas ela reergueu os punhos e foi firme.

CAPÍTULO
7

QUILÔMETROS
RESTANTES:
49

— **Você achou mesmo que eu** não ia perceber? Eu sei quantas poltronas eu tenho, e sei quantos bilhetes contei.

Não respondi ao motorista. Fiquei encostado me protegendo na marquise do hotel, fora da chuva. Minhas pernas estavam trêmulas e minhas mãos suavam. Eu estava cansado demais para isso, e não estava me sentindo bem. Entreabri os olhos por causa da dor que vibrava no meu crânio.

— Você mora em Elbe? — A voz do motorista era fria e impaciente. Como se carregar um garoto a mais em seu ônibus fosse a pior coisa que podia acontecer a uma pessoa.

Eu não estava no clima. Olhei para ele, então virei os olhos.

— Moro.

O motorista balançou a cabeça.

— Não fique bravo comigo, moleque. Eu não sou pago para dar caronas.

Um trovão ressoou, e uma rajada de chuva e vento acertou-o na gola da jaqueta. Ele se virou para olhar o tempo, por cima do ombro.

— Caramba — ele disse, então voltou a olhar para mim, com a boca tensa. — Você tem pais ou qualquer coisa para ligar e pedir uma carona?

Balancei a cabeça negativamente e tentei parecer triste e fraco. Não era tão difícil assim. Talvez eu até conseguisse essa carona, no fim das contas.

Mas o motorista apenas expirou pela boca e disse:

— Não posso levar você comigo, garoto. Com essas outras pessoas e suas bagagens, o ônibus já está lotado. Mas essa maldita tempestade... — Ele passou a língua pelos lábios. — Fique aqui. Eles vão deixar você ficar no café, lá no alojamento. Vou deixar esse pessoal no topo e pego você na volta, aí você vai poder voltar a Elbe.

Eu não disse nada. Lágrimas arderam em meus olhos, mas minha raiva era forte o suficiente para segurá-las lá dentro.

— Vejo você em uma hora. E de nada — ele disse, com uma bufada. Então, voltou e subiu novamente no ônibus.

A chuva começou a apertar assim que o ônibus derrapou no cascalho do estacionamento. Aquele ônibus era a única maneira de chegar ao meu destino, e eu sabia disso. As luzes vermelhas traseiras brilharam no escuro. Observei-as ficar cada vez menores, então desapareceram como dois pequenos desejos que não se tornariam realidade.

Tremer de frio sob a chuva, enquanto se tenta não chorar e vomitar ao mesmo tempo, é um saco. Essa é a mais pura verdade.

Abri o zíper da bolsa e Beau saltou para fora, chacoalhando o corpo todo ofegante. Tudo estava sendo levado de mim, pouco a pouco, dia após dia. Ele era tudo o que me restava. As lágrimas venceram a raiva e escorreram pelas minhas bochechas. Acariciei atrás das orelhas dele.

— Chega de bolsa para você, amigão — eu sussurrei. — Não importa o que aconteça. Não estou nem aí.

Trovejou outra vez. A estrada de duas pistas estava vazia, exceto pelas poças d'água. Olhei para a estrada, para o caminho que o ônibus havia percorrido. O céu era uma grande parede de nuvens cinza. Eu sabia que a montanha estava lá, em algum lugar, mas não conseguia vê-la.

— Não tem sentido continuarmos, Beau — eu disse, com a voz rouca. Olhei para a chuva, para o céu que ficava cada vez mais preto. Agachei e cocei Beau atrás de suas orelhas com as duas mãos. Segurei-me nele como se estivesse me afogando. Seus olhos ímpares pareciam, de alguma forma, mais brilhantes na escuridão. Ele estava comigo. Ele sempre estava comigo. — Mas acho que também não tem sentido voltar.

Enxuguei minhas bochechas com a manga da camiseta. Funguei e sorri para Beau, como ele merecia. Ele sorriu de volta, com aquele sorriso mostrando os dentes e a língua para fora. Os olhos dele brilhavam com todas as coisas boas do mundo. Levantei minha máquina e enquadrei os olhos de Beau. Tirei a foto. O rabo dele abanou ainda mais forte.

Estiquei o braço e cocei-o atrás das orelhas novamente.

— Vamos nessa.

Tirei minha jaqueta de lã da mochila e a vesti. A chuva estava desabando em cima de mim e à minha volta. Guardei a câmera no estojo de zíper que trouxera comigo, caso precisasse, e a enfiei na mochila. Olhei para a estrada negra e estreita que seguia entre os pinheiros altos e escuros. E, em algum lugar na escuridão à frente, para a montanha perdida na tempestade.

— Vamos caminhar, amigão. Pode ser que a gente não consiga. Mas nós vamos andar até…

Minha voz se perdeu em meio a outro trovão. Não sei qual fim eu havia planejado para a frase.

Pedras na estrada eram trituradas pela sola dos meus sapatos.

Vamos andar até sermos pegos?

Beau trotava ao meu lado, com o focinho sentindo o cheiro do ar da montanha.

Vamos andar até alguém nos ajudar?

Uma rajada de vento esfriou meu pescoço, então subi o zíper da jaqueta até o queixo.

Vamos andar até… morrer?

A ponte se aproximava, passo a passo, através da escuridão. As vigas metálicas pareciam feitas de barro cinzento naquela chuva.

Minhas roupas estavam ensopadas. A chuva entrou pela gola e escorreu pelas minhas costas. Comecei a tremer sem parar.

Parecia estar de noite de tão escuro que estava o céu. Mas já era quase de noite, de qualquer forma. Os poucos carros que passavam estavam de faróis ligados. Nenhum deles parou. Acho que fiquei contente por não terem parado, para falar a verdade. Apesar de que eles pareciam tão quentinhos a distância...

— Aquele ônibus vai voltar a qualquer instante — eu disse a Beau, batendo os dentes. Ele olhou para cima, ainda caminhando. — Se ele nos vir, vai parar. Não podemos ser vistos. E precisamos de algum lugar para passar a noite protegidos.

Quando chegamos à ponte, saí da estrada e cortei pelo mato até o rio sobre o qual ela se curvava. A escuridão estava ficando mais intensa a cada segundo, e eu tinha que me concentrar para conseguir enxergar.

A margem do rio sob a ponte estava seca, mas não tinha como dormir ali. Havia muitos pedregulhos naquela área. Meu corpo já estava doído demais — eu não conseguiria dormir acomodado nas pedras.

Olhei ao longo do rio. Lá, onde a água era branca por causa da queda, havia uma ilha. Ela se estendia por baixo da ponte, fora da chuva. Era pequena e arenosa.

Um tronco caído bem largo estendia-se pela água espumante, ligando a margem onde eu estava até a ilha de areia. Mordi o lábio e olhei para a frente. Parecia molhado, mas estável.

— O que acha, Beau?

O rabo dele bateu na minha perna.

— Maravilha, então. Vamos nessa.

O sapato escorregou no tronco úmido no meu primeiro passo, mas eu me recompus e dei um segundo passo mais cuidadoso.

Era um galho bem grande, com uma boa parte plana, quase tão larga quanto uma calçada. Achei que fosse conseguir. Era só ir devagar.

Depois de quatro passos, olhei para trás e chamei Beau. Ele estava parado na margem, com as orelhas para trás e o rabo para baixo. Ele chorou.

— Venha, garoto — eu chamei. — Não é tão ruim. Sério.

Ele subiu nervoso no tronco, pata atrás de pata. Olhei em seus olhos e falei mais baixo:

— Vamos, Beau. Nós vamos conseguir

Beau pulou no tronco e me seguiu. Virei e continuei em frente, passo a passo, com muita calma.

A água urrava sob meus pés. Era uma mistura de preto e branco, e o som, alto e intenso.

Na metade do caminho, percebi que tinha sido uma péssima decisão, mas continuei andando. Dei uma olhadela rápida e vi Beau logo atrás de mim.

Dei outro passo. Mais dois. Três, quatro, cinco. Minhas pernas estavam tremendo. Meu estômago dava saltos de tanto enjoo e se contorcia de medo. A dor de cabeça pressionava meus olhos como se fossem dedos fortes e pontiagudos.

Arrisquei olhar para a frente, longe de meus pés, na direção da ilha. Eu estava quase lá.

Um sorriso estúpido brotou no meu rosto. Eu ia conseguir chegar lá.

Esta é uma coisa que eu não entendo: por que as pessoas sempre acham que podem fazer alguma coisa só porque querem.

Com os olhos fixos na areia branca na minha frente, o tronco deslizou um pouco sob meu pé direito. Abri os braços, tentando manter o equilíbrio. Meu outro pé escorregou.

Em meio ao estrondo da água que corria embaixo de mim, ouvi Beau latir. O céu girou diante dos meus olhos, depois a ponte.

Então, nada além de água furiosa.

CAPÍTULO
7½

Uma tempestade se aproximava.

O vento jogava a chuva contra as janelas.

O trovão se aproximava.

Jessie estava com o telefone na mão e observou relâmpagos iluminando os céus das colinas ao longe. Através da janela aberta, ela podia sentir o cheiro da chuva. O mundo lá fora parecia frio e escuro. Seu amigo estava lá, em algum lugar. Sozinho, a não ser pela companhia de um vira-latinha. Com o relógio em contagem regressiva.

Os dedos dela traçaram os números no telefone, tocando-os, sem pressioná-los. Seria tão mais fácil se ela contasse logo o segredo. Poderia ligar para a linha direta e contar o que sabia sem dizer seu nome. Os pais dele nunca saberiam que ela sabia e não havia contado a eles. Mark jamais saberia que ela o traíra. Assim, todo aquele turbilhão dentro dela acabaria. E Mark voltaria para casa.

Ela era a única que poderia fazer isso.

O dedo dela pressionou o primeiro número. A tela do telefone acendeu, pronta para o próximo. Ela engoliu seco e pressionou de novo. Então o terceiro número. Caiu um relâmpago e, quase ao mesmo tempo, um trovão explodiu nos céus. Jessie deu um pulo e gritou.

Uma brisa carregando o perfume da tempestade entrou pela janela.

O cheiro de ar queimado pelo relâmpago invadiu o quarto e trouxe com ele uma lembrança.

De anos atrás. Terceira série. No hospital. As coisas estavam piorando. O cabelo dele tinha caído; ele estava fraco, doente e cansado. Ela o visitava sempre que podia. Ele detestava faltar à escola. Detestava sentir a falta de Beau. Detestava ficar sozinho. Eles jogavam cartas na cama dele, com sua mãe e seu pai, e todos agiam alegremente. Até mesmo Mark. Então os pais dele saíam do quarto para comprar alguma coisa na lanchonete para todos comerem, deixando Mark e Jessie sozinhos.

Quando a porta se fechou, Mark agarrou a mão dela tão rápido e forte que ela tomou um susto e tentou se afastar. Mas seu toque era firme e quente. Ela olhou para os olhos dele e ficou surpresa por ver lágrimas, que se acumularam e, em seguida, escorreram pelo seu rosto. Ela parou de querer se afastar.

— Não gosto de chorar na frente deles — ele disse, com a voz trêmula. — Eu sei como isso os deixa tristes. Não gosto de contar a eles como eu me sinto mal. Ou como sinto medo. Não quero fazer isso com eles. Você entende?

Jessie acenou com a cabeça, embora não tivesse certeza se compreendia de verdade.

— É como um segredo — ele continuou, ainda chorando. — Não consigo guardá-lo sozinho, Jess. É muito para mim. Posso chorar com você? Você guarda o meu segredo?

Jessie apertou forte a mão dele. Ela olhou para seus olhos verdes e acenou outra vez.

— Claro — ela respondeu. — Eu guardo o seu segredo.

— Sempre?

— Sempre. Eu prometo.

E ele chorou no ombro dela. E ele lhe contou como se sentia mal. E como ele estava morrendo de medo. Então, quando os pais dele retornaram, eles voltaram a rir e jogar cartas. Jessie guardava o segredo dele. E, toda vez que o visitava, ela guardava mais uma vez. Assim os pais dele nunca descobririam. E ele não teria que suportar aquilo sozinho.

Então, veio o verão em que os pais dela se divorciaram. Ela chorava todos os dias. O pai dela saiu de casa e voltou para o México. Sua mãe não fazia outra coisa senão lastimar-se pelos cantos, assistir TV e tomar uma garrafa de vinho todas as noites. Jessie estava sozinha.

Exceto por Mark. Ele ligava para ela. Ele a visitava. Ele deixava bilhetes e doces no lugar secreto deles. Jess passava a noite na casa dele e chorava, e não sentia vergonha nenhuma. Afinal de contas, ele chorara na frente dela antes.

— Não é justo — ela soluçava. — Todo mundo deveria poder contar com seus pais. Todo mundo deveria poder contar com eles.

Mark pôs uma mão em seu ombro.

— Conte comigo, Jess — ele dizia. — E eu conto com você. Sempre vamos poder contar um com o outro, certo?

Jess olhou para a tempestade, para a escuridão lá fora. Mesmo com a vida por um fio e todo mundo indo atrás dele, ele havia parado ali para deixar um bilhete para ela. Para que ela soubesse. E para dizer adeus. Porque ele sabia que ela contaria com ele para fazer isso.

Ela olhou para o bilhete amassado em cima da mesa. Já o lera tantas vezes que não precisava mais ler novamente para saber o que dizia.

Minha grande amiga,
Sinto muito. E adeus.
Guarde meu segredo.

Ela piscou e afugentou as lágrimas.
Mark contava com ela nesse momento.
Ela desligou o telefone.

CAPÍTULO
8

QUILÔMETROS
RESTANTES:
46

No último segundo, pouco antes de meu corpo chegar às águas negras, dei um jeito de tomar muito fôlego. Enchi os pulmões, então a água congelante arrastou meu corpo e fez de tudo para parar meu coração.

A água era mais que fria. Era gelo líquido. Era forte e rápida, e não havia nada que eu pudesse fazer. Eu teria gritado, mas o frio contraiu meus pulmões como se os tivesse pego em seus punhos. Por um segundo, vi Beau olhar para mim do tronco, ficando cada vez menor conforme eu era tragado pela correnteza. Então a água me girou e eu fui embora. No último momento em que o vi, as pernas da frente dele já estavam no ar. Ele havia pulado atrás de mim.

Meus pés tocaram o fundo, trombando nos pedregulhos e me arranhando nas rochas, então percebi que o rio não era fundo, mas era rápido, e meus pés não tinham força para impedir que eu fosse levado. Vi a ilha passar pelos meus olhos; eu ainda estava ao lado dela. Se eu passasse dela, estaria perdido. Cravei os pés com toda a minha força, mas não achei nada. Fiquei me debatendo vigorosamente, tentando nadar até a prainha. A água subiu e cobriu meu rosto, então fiz força e tomei impulso no fundo do rio com os dois pés e todo o meu medo. Voltei à superfície, para a escuridão cheia de trovões, e, finalmente, consegui respirar e dar um grito forte.

Em meio àquela loucura, ouvi um choro no meu ouvido. Senti um puxão no pescoço. Vi, com o canto do olho, um borrão marrom misturado ao negrume. Beau tinha se agarrado a mim. Ele estava tentando me puxar para a praia. Ele não me soltaria por nada.

Se eu não chegasse à ilha, nós dois morreríamos.

Mergulhei com as pernas no fundo. Encontrei o fundo e me empurrei na direção da ilha com toda a força que restara nas minhas pernas. Nadei e tomei impulso com as pernas no fundo outra vez, novamente com os pés nas rochas. Beau choramingou e eu dei outro impulso com as pernas, e pela primeira vez consegui tirar os ombros da água, antes de as minhas pernas serem levadas.

Vi rapidamente o fim da ilha. Cheguei ao ponto em que estava prestes a perdê-la de vista. A ponta de um tronco caído saía da areia para a água, e, com um impulso desesperado, fui para perto dele e estiquei os braços, vencendo o medo, o frio sufocante e a escuridão. Minhas mãos tocaram a madeira úmida, e eu a agarrei. Meu corpo parou na água, mas ela me empurrava e puxava, tentando me arrastar outra vez. Dei um chute para baixo e senti o fundo mais próximo agora, então me arrastei e me joguei na direção da areia. Senti Beau batendo as patinhas ao meu lado, com os dentes atracados na minha camiseta.

Mais um tropeção e, depois, caímos juntos sobre o tronco, rolando pela areia.

Meus pulmões queimavam e tremiam por lutar para respirar dentro daquela água gélida. Beau ficou ao meu lado, ofegante e chacoalhando a água do rio de seu pelo.

Eu tremia como nunca. Arrepios violentos, gigantescos, que me sacudiam todo.

Tentei pensar. Minha mochila ainda estava nas costas, pressionada contra a areia. A bolsa fora embora, arrancada pela força da água.

Meus dentes batiam uns contra os outros, tornando minhas exalações ruidosas. Eu estava fora da água, mas molhado e morrendo de frio. Ainda podia morrer. A chuva fria e intensa caía no meu rosto.

Eu me livrei da mochila e lutei com o zíper. Minhas mãos tremiam e os dedos não entendiam o que o meu cérebro lhes dizia. Beau chorava ao meu lado. O frio chegou para ficar. Eu sentia como se ele penetrasse dolorosamente meus ossos.

Abri a mochila e procurei o outro saco plástico de zíper. Aquele que eu vinha guardando para a montanha. Mas precisava dele agora.

Encontrei o tal saco e o puxei com as mãos inquietas. Lá dentro estavam uma caixa de fósforos sequinha, alguns jornais dobrados e algumas bolas de algodão. As bolas de algodão estavam banhadas em vaselina — eu li que aquela era a melhor maneira de começar uma fogueira.

Arrastando a mochila atrás de mim, fui cambaleando na ilha, até a parte de areia sob a ponte, fora da chuva e longe dos olhos dos motoristas. Achei um local plano na areia, perto de uma pedra preta gigante, e fui catar galhos, gravetos e troncos, os menores que pude encontrar. Havia uma porção de galhos e gravetos na ilha, e, embaixo da ponte, a madeira estava bastante seca. Estava quase totalmente escuro, mas os relâmpagos aqui e ali produziam luz suficiente para que eu fizesse o que era preciso.

Alinhei os gravetos menores como se fossem uma pequena cabana sobre um pouco de jornal amassado, depois joguei as bolas de algodão. Meus dedos mal estavam respondendo, mas consegui abrir a caixa de fósforos e deixei alguns de lado para pegar um deles entre o polegar e um dedo amortecido. Risquei o palito na caixa e uma chama se fez. Eu me concentrei em segurar o fósforo firme e estável. Acendi o jornal em vários lugares, então encostei o palito nas bolas de algodão. Elas queimaram com uma lenta chama azul. As chamas subiram e tomaram conta do jornal, inflamando cada vez mais. Foram envolvendo os gravetos.

— Vamos lá — implorei em meio ao ranger dos dentes. — Vamos. Acenda.

Beau ficou juntinho de mim. Ele estava tremendo. Nós dois precisávamos do fogo.

Soprei gentilmente as chamas fracas e vi um pequeno graveto começar a queimar, depois outro. Rapidamente, ajeitei com delicadeza galhos maiores em cima dos outros e soprei um pouco mais. Os galhos maiores pegaram fogo, e eu sorri. Eu tinha conseguido.

Amontoei na chama galhos cada vez maiores, conforme ela ia crescendo, até que uma fogueira do tamanho de uma bola de beisebol se formou e iluminou minha pequena ilha. Quase conseguiu me deixar alegre.

Mas eu estava tremendo tanto que mal podia respirar, e estava usando roupas ensopadas de água gelada. Empilhei alguns galhos tão grossos quanto meu braço, e, quando eles pegaram fogo, mantive as mãos o mais perto possível do calor, até que comecei a sentir pontadas fortes de dor. Flexionei os dedos e alonguei as palmas até minhas mãos voltarem a funcionar novamente, então comecei a tirar as roupas molhadas.

Tirei a jaqueta, depois o moletom, e por fim a camiseta. Tremi ainda mais forte quando o vento bateu nas minhas costas nuas, mas eu sabia que era melhor do que continuar com aquela roupa ensopada, então me concentrei nos cadarços. Tirei um pé do tênis, coloquei mais um tronco no fogo e tirei o outro. Em seguida, vieram minhas meias, depois minha calça, então fiquei agachado perto do fogo, tão perto que doía.

Pouco a pouco, meu corpo esquentou. Pude sentir a água daquele rio mortal evaporando com o calor do fogo. Eu ainda estava todo arrepiado, e rajadas de vento ainda me esfriavam de tempos em tempos, mas meu tremor havia se acalmado a um nível normal, e meus dentes pararam de bater incontrolavelmente.

Eu não ia morrer. Pelo menos, não ali. Não naquela situação.

Fechei os olhos e deixei aquela ideia tomar conta de mim. Lutei contra o rio, o frio e a escuridão — e venci.

Olhei para mim mesmo, agachado de cueca molhada, perto de uma fogueira embaixo de uma ponte.

Comecei a rir e chorar ao mesmo tempo. Era um sentimento de felicidade, basicamente.

Beau ainda estava ao meu lado, secando o pelo no calor do fogo. As chamas cintilavam em seus olhos marrom e verde. Ele empinou a cabeça com minha risada esquisita.

— Eu estava com medo de morrer — eu disse baixinho a ele. Ele chorou e lambeu meus joelhos ossudos. Afaguei-o atrás das orelhas. Funguei com as lágrimas e ri novamente. — Aqui estou eu, *nesta* viagem, e eu estava com medo de morrer.

Mas meu sorriso de maluco desapareceu quando vi Beau olhando para mim. Não havia nada além de amor naquele cachorro. Nada além de confiança. Parei um pouco e soltei algumas respirações trêmulas.

— Você também quase morreu — eu disse a ele. Era horrível dizer aquilo em voz alta. Admitir que eu havia arrastado Beau comigo só porque não queria ficar sozinho, e eu sabia que ele me seguiria até o fim do mundo. — Sinto muito, Beau. Isso nunca fez parte dos meus planos. Nunca fez. Essa é a mais pura verdade.

Continuei fazendo carinho atrás das orelhas dele, até depois que meus dedos se cansaram e meu braço começou a doer.

Como se isso fosse algum empecilho.

Foi uma noite longa. Continuei alimentando o fogo e estendi minhas roupas úmidas em troncos mortos perto de mim. Demorou horas para elas secarem, e, enquanto isso, fiquei quase nu, em uma ilha, no meio de uma tempestade de montanha. Eu estava cansado até não poder mais. Comi uma maçã que estava na mochila e dividi algumas barras de cereais com Beau. Minha mente e meu corpo queriam dormir, mas eu precisava de roupas secas para isso. Conversava com Beau para me manter acordado.

Num determinado momento, no meio da noite, saí andando para pegar mais lenha para a fogueira. Olhei para nosso pequeno acampamento encharcado. A luz do fogo era brilhante e acolhedora, luminosa e cintilante na areia, nos pedregulhos e nos troncos de árvore. Beau estava enrolado dentro do círculo de luz. Ele parecia aquecido e feliz. Em volta do nosso fogo havia apenas escuridão, vento e aquele rio furioso. Fiquei com um nó na garganta. Era terrível, triste e decepcionante. Mas era belíssimo. A máquina estava pendurada no meu pescoço e eu tirei uma foto da fogueira na tempestade, da luz, da escuridão e do cãozinho marrom.

Quando minhas roupas finalmente secaram, joguei os últimos três galhos no fogo — grossos e compridos —, então me deitei perto de Beau. O fogo estalou e murmurou. O vento assobiou por entre as rochas. O rio era um tremor sem fim. De tempos em tempos, ouvia-se o som de pneus na ponte acima de nós.

Eu peguei no sono antes mesmo de decidir fechar os olhos.

Na manhã seguinte, eu estava duro, dolorido e morrendo de fome — mas estava vivo, e mais determinado do que nunca a chegar ao fim da minha missão. Não havia chegado até aqui e sobrevivido a tudo isso só para desistir agora. Essa é a mais pura verdade. Vasculhei minha mochila para ver o que havia sobrado. Mais algumas maçãs, algumas bananas, poucas barras de cereais e um pacote de bife desidratado quase cheio. Uma garrafa de água. E um saco de petiscos para cães.

— Não tem muita comida — eu disse a Beau, que ainda estava sonolento e coçava a orelha com a pata traseira. — Mas, de qualquer forma, não tenho muito tempo. Isso vai bastar.

Antes de colocar o caderno de volta na mochila, decidi abri-lo. Ele tinha ficado um pouco úmido, mas a mochila o conservara bastante. Algumas páginas grudaram um pouco umas nas outras, mas não estava tão ruim. Sentei-me em um tronco e olhei ao redor, para o nosso pequeno acampamento naquela ilha. Beau foi beber um pouco na água do rio por causa de seu café da manhã de bife desidratado. Pensei na noite anterior, no fogo, na escuridão e na foto que havia tirado, e escrevi:

O mundo todo escuro.
Mas juntos construímos luz;
compartilhada, ela vira calor.

Passamos com muito cuidado por sobre o tronco e escalamos a margem até a estrada. Estava longa e vazia naquela manhã. Havia apenas uma garoa, mas nuvens escuras prometiam mais. O vento invadia minha gola e minhas mangas. Eu já sentia falta da fogueira.

À frente, onde a estrada negra desaparecia entre o céu cinzento e as árvores enegrecidas, estava a montanha. Eu ainda não conseguia vê-la, mas podia senti-la mais do que nunca. Como se ela estivesse me observando. Como se estivesse esperando por mim.

— Ainda faltam muitos quilômetros, amigão — eu disse a Beau, com um aceno de cabeça. — Vamos nessa.

Não sei quanto caminhamos. Quilômetros. Horas. Não tinha como calcular. Os dias, o frio, a comida e a jornada cobraram um preço do meu corpo. Minhas pernas faziam com que eu me esforçasse a cada passo, e meu estômago ameaçou vomitar o pequeno café da manhã que eu havia tomado. Minha cabeça estava cheia de uma dor intensa que queria sair pelos meus olhos. Eu apenas olhei para a estrada vazia bem na frente dos meus pés e pus um pé lá, depois o outro. E mais uma vez. Beau caminhava ao meu lado, com a língua para fora e o rabo abanando. Ele olhava para cima, para mim, de tempos em tempos, e, quando o fazia, eu tentava sorrir para ele.

Eu estava perdido em pensamentos que eram tão sombrios quanto as nuvens que encobriam a montanha escondida. Pensamentos dos anos anteriores, dos sete anos desde aquele telefonema, num verão, que havia feito minha mãe chorar. Pensamentos de consultórios médicos, camas de hospital, enfermeiras com vozes carinhosas e olhares tristes, cartões animados de amigos de turma. Bilhetes da minha melhor amiga. Pensei nas pessoas que tinha deixado para trás. Minha mãe. Meu pai. Jessie. Pensei no meu avô, que costumava me envergonhar sempre que me chamava de seu herói. Ele havia me dado aquele relógio de bolso de prata e eu o levava para todo lugar. Eu o adorava — até que as coisas começaram a piorar, e o som do tique-taque mais parecia passos sombrios que se aproximavam de mim. Eu amava o relógio, até começar a odiar o tempo. E como ele ia embora.

E, um pouco, pensei no que estava por vir. Sobre o caminho que eu estava trilhando, em meio àquelas nuvens. Sobre aonde eu estava indo e o que estava fazendo.

Eu sentia um tipo de tristeza completamente diferente. E um tipo estranho de determinação também. Mesmo com todos aqueles pensamentos, nenhum deles tinha a ver com interromper minha jornada.

Fiquei tão perdido em minhas ideias que não percebi quando a caminhonete desacelerou e parou ao meu lado. Vi Beau levantar as orelhas e olhar para a frente, mas eu estava muito enjoado e muito cansado para notar o homem através da janela, que estava olhando para mim.

Não notei nada, até que ele baixou o vidro e o cheiro agridoce da fumaça de seu charuto chegou ao meu nariz. Beau rosnou.

— Ei, garoto — ele gritou em meio à chuva. — Entre aqui. E não aceito *não* como resposta.

CAPÍTULO

8½

Outra manhã.

Nova luz, novo dia, mesma angústia.

Um pesadelo constante.

Jessie fora atormentada por sonhos sombrios a noite toda, por isso acordou cansada. A cama estava quentinha e ela não queria sair de lá. Não queria ter que encarar nada nem ninguém.

— Vamos, mi amor — disse sua mãe da porta de entrada. — Você deveria tentar ir à escola hoje. Não tem que pensar tanto nisso. Tem cereal na mesa esperando por você.

Escola. É claro que todos sabiam que Mark havia fugido. Estava em todos os noticiários. Todos agiriam de forma estranha. Todos sabiam que ela era a melhor amiga dele. A professora a trataria diferente. As crianças ficariam sussurrando. Ela ficaria completamente isolada.

Meu Deus — será que diriam o nome dele na chamada? Seria melhor ou pior que pulá-lo?

A psicóloga talvez fosse tentar conversar com ela. A psicóloga sempre tentava conversar com ela. Mas só havia uma pessoa com quem ela realmente gostava de conversar.

Ela tinha medo de que, de alguma forma, todos descobrissem. Ela conseguia esconder só dos olhos da mãe dela, ou dos pais dele, ou da polícia. Mas haveria muitos pares de olhos em cima dela, o tempo todo.

Não dá para guardar um segredo em uma mochila.

Mas o pior de tudo: todas essas coisas aconteceriam sem ele estar por perto. Era com ele que ela andava até a escola. Com quem ela se sentava durante a aula. Com quem dividia o almoço. Lá, com todos aqueles olhos e aquele pequeno espaço ao lado dela, onde ele deveria estar, a falta dele seria muito mais sentida. E ela se sentiria muito mais sozinha.

Ela sentiu um soco forte no estômago. Era assim que ela se sentiria daqui para a frente. Todos os dias. Sem ele por perto. Para sempre. O espaço vazio ao lado dela seria eterno.

Ela teria que encarar aquilo todos os dias.

Mas hoje não. Ela daria tudo para esperar só mais um dia para seu mundo ruir de vez.

— Eu não vou — ela disse quando entrou na cozinha. Sua mãe abriu a boca para argumentar, mas, em seguida, desistiu e apenas acenou com a cabeça.

— Tudo bem, meu amor.

Ela voltou para a cama e se deitou sobre os cobertores, rolando de lado. Piscava os olhos conforme a chuva fria batia contra as janelas. O sol havia despontado, em algum lugar. Mas, de onde ela estava, só se podiam ver nuvens, negras como ternos de um funeral.

Faltava sua metade.

Ela não suportava a carteira vazia.

Um melhor amigo ausente.

CAPÍTULO
9

QUILÔMETROS
RESTANTES:
38

A chuva estava caindo com toda a força

naquele instante. Eu também não tinha notado isso, de tão imerso que estava na confusão de meus pensamentos. O vento havia ficado mais intenso e mais frio. A tempestade estava piorando.

— Entre — repetiu o homem.

Ele tinha um bigode grosso e um chapéu branco de caubói. Uma das mãos estava no volante e o corpo estava debruçado sobre o banco, para gritar para mim pela janela do passageiro.

Apenas olhei para ele e engoli seco. Ao meu lado, Beau gemeu. Eu estava lutando para respirar, como se tivesse corrido uma maratona. Minhas pernas doíam. A água da chuva escorria pelas minhas costas. Minha cabeça doía tanto que eu tinha que deixar um dos olhos entreaberto.

— Escuta, garoto, não pode ficar aí nessa chuva — disse o homem, balançando a cabeça. — Dizem que só tende a piorar. Pode até nevar. Entra que eu te dou uma carona.

Balancei a cabeça.

— Não, obrigado — eu disse. Planejei gritar, mas minha voz saiu rouca e fraca. — Estou bem. Eu vou caminhando.

O homem balançou a cabeça de novo.

— Você está maluco. Vai acabar morrendo de frio. Para onde está indo? Paradise?

Mordi o lábio e olhei para a estrada. Um vento uivante me acertou, e eu tive até que mudar o pé de apoio para não cambalear. As gotas de chuva estavam mais fortes, como unhas que penetravam minha jaqueta.

— Isso — respondi, finalmente.

— Você está maluco — ele repetiu. — Faltam muitos quilômetros e é só subida. Você não vai conseguir chegar lá. Caramba, nem *eu* conseguiria. Suba aqui.

— Eu tenho um cachorro — eu disse.

— Tudo bem. Minha caminhonete é um lixo.

— E um canivete.

Ele contraiu as sobrancelhas.

— Tudo bem. Só não me esfaqueie com ele.

Fiquei ali parado. Eu não conseguia pensar direito, pois meu cérebro estava em parafuso.

— Olha, eu entendo — disse o homem, baixando o tom de voz. — Você está sendo inteligente. Mas eu não sou um esquisitão. Só estou querendo te ajudar, filho. Você vai morrer aí fora. Entre aqui.

Todas as lições que aprendi com professores e meus pais diziam para eu não entrar naquele carro. Mas os olhos e a voz dele me diziam o contrário. *Um estranho é só um amigo que você ainda não conheceu.* Essa é uma coisa que meu avô costumava dizer. É um ditado idiota. Tem muitos estranhos ruins por aí. Mas eu acho que, às vezes, qualquer coisa pode ser verdade.

Abri a porta da caminhonete, que fez um ruído de metal enferrujado. Peguei Beau no colo e o coloquei no grande banco, entre mim e o motorista. Com a mochila nas mãos, subi na cabine e fechei a porta.

O homem acenou com a cabeça para mim e engatou a marcha, e nós fomos em frente. Mantive meu ombro encostado na porta, com uma mão na maçaneta, só por precaução.

— Meu nome é Wesley — disse ele, com os olhos na estrada à frente.

— É… o meu é… Jesse — respondi.

O homem olhou para mim com o canto do olho.

— Prazer — ele disse, com um pequeno gesto.

O carro estava quente. As ventoinhas sopravam um ar quente e seco no meu rosto. Uma velha música country murmurava nos alto-falantes. Havia um copo de café de isopor perto do câmbio, e um charuto queimando lentamente num cinzeiro metálico sobre o painel. O homem me viu olhando para ele.

— Desculpe — ele disse, apagando a brasa. O cabelo e o bigode dele pareciam ter sido castanho-claros, mas agora eram quase completamente grisalhos. Ele tinha rugas amigáveis em volta dos olhos e da boca. *Linhas de sorriso*, como minha mãe costumava chamar.

Seguimos em silêncio por alguns momentos.

— Então... o que está pensando em fazer em Paradise?

Passei a língua pelos lábios e olhei para fora da janela. As copas das árvores sacudiam com o vento. Poças ao lado da estrada refletiam apenas o céu escuro.

— Só estou indo a passeio — eu disse, sem olhar para ele.

— Sei — foi só o que ele respondeu.

Deixei o calor da cabine penetrar minha pele, meus ossos. Eu precisava daquilo para me preparar para o que vinha pela frente.

— É um cachorro muito bonzinho que você tem aí — ele disse, acariciando a cabeça de Beau. O rabo dele abanou no assento.

— É. Ele é maravilhoso.

— Todo mundo deveria ter um cão — ele disse, pensativo, com a mão ainda fazendo carinho em Beau. — Os cães nos ensinam a amar e ser carinhosos. Eles nos fazem lembrar das coisas que realmente importam.

Ele acenou com a cabeça e tomou um gole de seu café.

— Uma vida não é uma vida completa sem um cão; é o que eu sempre digo.

— É... — Deixei minha testa encostar no frio da janela. Todos os pensamentos de quando eu estava caminhando seguiram-me para dentro da caminhonete. Como fantasmas me atormentando.

— Mas os cães morrem — eu disse, bem baixinho, quase que para mim mesmo.

O homem tomou outro gole do café.

— Óbvio. Claro que morrem. Mas o fato de eles morrerem não faz suas vidas valerem menos.

Eu meio que sorri.

— Minha mãe uma vez disse algo parecido.

— É mesmo? Deve ser uma senhora muito especial.

— Ela é, sim.

Minhas pálpebras estavam tão pesadas quanto meus pés haviam estado na estrada. Meu coração também.

— Você está cansado.

— Estou. Me desculpe.

— Que nada. Vá em frente e descanse um pouco, se precisar.

Acordei depois de um tempo, surpreso por ter adormecido. Beau estava acomodado ao meu lado, roncando. A caminhonete estava diminuindo a velocidade, e o homem — Wesley — estava baixando o vidro da janela. Esfreguei os olhos e forcei a vista para ver pelo para-brisa.

Em nossa frente estava uma pequena construção, como uma cabine de pedágio. Uma grande placa de madeira ficava acima das três pistas da estrada. *Parque Nacional do Monte Rainier*, dizia, em letras grandes e chamativas. Vi alguém vestido com um uniforme de guarda florestal de pé na janela da cabine. A chuva estava apertando naquele momento.

— Eu preciso te dar um dinheiro, certo? — perguntei, meio grogue.

— Nada. Mas acho que é melhor você se esconder.

Sem fazer mais perguntas, tirei o cinto de segurança e deslizei para baixo, na frente do banco.

Wesley aproximou-se da janela e diminuiu a velocidade, mas não parou. Eu estava agachado o bastante para ver o topo da cabine, mas não a pessoa que estava lá dentro.

— E aí, Sheila? — A voz de Wesley era tranquila e informal.

— Fala, Wesley! Parece que você trouxe o mau tempo com você.

Wesley deu uma risada discreta.

— É, acho que sim. Desculpe por isso. Tenha uma boa tarde.

O carro voltou a acelerar e ele subiu o vidro, e eu voltei para o meu assento. Wesley estava com a mão apoiada displicentemente sobre o volante.

— Você trabalha aqui?

— Mais ou menos. Sou biólogo do Serviço Nacional de Parques, então faço alguns trabalhos para vários parques daqui da região noroeste.

— Que legal.

— Faltam só alguns quilômetros para chegarmos a Paradise — ele disse.

— Ótimo. — Pequenas pontadas de medo acertaram meu estômago de dentro para fora. Paradise. Onde tudo começava. Onde tudo terminava.

Wesley pegou um saco de papel ao lado dele e desembrulhou um sanduíche.

— Está com fome?

Olhei para o lanche e, antes que pudesse evitar, lambi os lábios. Wesley riu.

— Vá em frente. Não estou com muito apetite. É de presunto e queijo. Não tem verduras nem legumes. Pode dividir com seu cãozinho, se quiser.

Meu estômago, apesar de todo o enjoo e angústia, roncou. Dentro de alguns quilômetros, alguns minutos, eu estaria fazendo a última grande escalada de uma montanha. Eu precisava me alimentar. Peguei o sanduíche.

— Que tempestade, hein? — comentou Wesley, debruçando-se sobre o volante para olhar para cima pelo para-brisa. — Tenho pena de quem tentar escalar a montanha nos próximos dias.

Eu não disse nada. Só pensava em Jess, jogando cartas comigo por horas, quando eu estava doente demais para sair do meu quarto. Guardando meus segredos.

— Seria difícil até para alguma equipe de resgate ter acesso — ele acrescentou.

Eu mordia o sanduíche e, a cada mordida, dava uma para Beau. Ele, faminto, as devorava dos meus dedos trêmulos. A música country suave ainda estava tocando. Era uma voz de mulher, cantando lentamente. Ela parecia triste.

— Quer dizer que está indo até lá a passeio? — ele perguntou. — Sozinho?

Mastiguei e engoli um grande pedaço de pão com presunto.

— Isso. — Estava pensando na minha mãe, dormindo na cadeira do hospital ao meu lado.

As rodas zuniam embaixo de mim. A chuva batia e ressoava no teto, nas janelas e no capô. Minha mastigação desacelerou até o ritmo melancólico da música country que estava tocando. Beau estava do meu lado, e a montanha se aproximava pouco a pouco, e eu queria que nada voltasse ou fosse para a frente no tempo. Queria que todos os relógios do mundo parassem naquele exato momento.

E, por um instante lento e acolhedor, eles pararam.

— Acabei de voltar de Spokane — Wesley começou a falar. Eu só estava prestando um pouco de atenção. — Passando por Wenatchee. Uma cidade bem pequena. Do outro lado das montanhas.

Meus ouvidos ficaram atentos ao nome da minha cidade natal, mas não o bastante para me tirar do estado de quietude em que eu me encontrava.

— Tem um garoto desaparecido por lá.

Meus dentes pararam de mastigar. A última mordida de queijo e presunto transformou-se em cola na minha boca. Senti que ele estava olhando para mim de soslaio.

— É mesmo? — eu perguntei.

— É. Desapareceu anteontem. Simplesmente sumiu. Em todo aquele lado do Estado não se fala em outra coisa.

Tratei de voltar a mastigar, até conseguir engolir a mordida. Meu estômago voltou a dar sinais de náusea. A dor de cabeça, que quase havia adormecido junto comigo, acordou e gritou dentro do meu crânio.

— Que pena — eu disse. Wesley acenou com a cabeça e deu outro gole no café. — Onde acham que ele está?

— Não têm certeza. Spokane, eles acham, mas não o encontraram lá. Depois acharam que ele estava em Moses Lake. Da última vez que eu soube, pensaram ter seguido uma pista dele em Seattle, mas só chegaram até aí. Não têm a menor ideia.

Então Jessie não havia contado nada. Ela guardara meu segredo.

Wesley olhou para mim e para o para-brisa novamente. Dei o restante do sanduíche para Beau.

— Dizem que o garoto está com o cachorro dele.

Meus punhos cerraram de nervosismo. Olhei pela janela, para aquela chuva torrencial, e não disse mais nada. Os limpadores de para-brisa deslizavam de um lado ao outro, impedindo que a tempestade nos cegasse.

— Bem — eu disse, quando o silêncio ficou muito pesado. Mas não tinha nada pronto para dizer. Eu ia dizer "Espero que o encontrem", mas era uma mentira tão grande que não consegui pronunciar. Passei a língua pelos lábios e fechei os olhos.

— Espero que ele esteja bem — finalmente acrescentei.

— Pois é. Eu também. — A voz de Wesley estava rouca e suave. E pensativa.

Andamos por mais cinco ou seis minutos sem dizer uma palavra. Mantive a testa no vidro frio e deixei a mão esquerda sobre o meu cãozinho, e pensei com os meus botões. Ele sabia. Deveria saber. Estava me levando para a polícia. Não, talvez não. Talvez ele fosse o biólogo mais burro do mundo. Existem muitas pessoas burras no mundo. Ou talvez ele soubesse, mas não se importasse.

Esta é uma coisa que eu não entendo: por que alguém quereria me impedir. Tudo o que eu queria era morrer. Essa é a mais pura verdade.

— Eu já tive um filho — disse Wesley. Concentrei-me em manter o sanduíche no estômago. — Também era um garoto bom. Forte. Divertido. Com uma risada alta.

Meus ouvidos estavam escutando as palavras dele, mas meu cérebro cansado estava matutando outras coisas. Um plano. Em algum lugar, perto do topo, eu diria que precisava ir ao banheiro. Ele estacionaria e me deixaria sair. Estava escuro, com todas aquelas nuvens e a tempestade.

— Ele entrou para o Exército para poder ir para a faculdade. Garoto inteligente. Não tinha nada que eu não fizesse por aquele menino.

Eu me esconderia atrás de algumas árvores e correria, eu e Beau. Quando ele começasse a me seguir, se é que faria isso, eu já estaria bem longe. Fiz que sim com a cabeça contra o vidro.

— Quando ele foi mandado para o Iraque, aquilo quase me matou. Não sou muito do tipo que se preocupa, mas juro que não dormi nem uma noite inteira sequer desde que ele embarcou para lá. Ele estava *tão longe*. E eu não podia ajudá-lo. Não podia fazer nada por ele. Não podia tomar conta do meu garoto.

Isso significaria mais caminhada, uma escalada mais longa. Mas, se eu esperasse até estarmos quase lá, não seria um caminho tão longo. E era minha única saída. Wesley sabia exatamente quem eu era. Eu teria que fugir.

Percebi que Wesley havia parado de falar. Olhei para ele. Sua mandíbula estava contraída, as sobrancelhas, bastante franzidas. Pude ver seu lábio inferior tremendo, só um pouco. Mas sua voz, quando ele voltou a falar, ainda estava suave, baixa, constante.

— E, quando ouvi baterem na minha porta, eu sabia o que era, antes mesmo de abri-la e ver os uniformes das pessoas. Eu sabia. E eles me contaram. Eles me contaram que meu garoto estava morto. A milhares de quilômetros de mim, morto. — Continuei olhando para ele, e ele não tirava os olhos da estrada. Estavam úmidos. As palavras seguintes dele não foram tão suaves, ou baixas, ou constantes. — Um pai tem que proteger seus filhos. Tem que mantê-los a salvo. É só isso. Essa é a mais pura verdade. E eu não pude ajudar meu garoto.

Ele inspirou e expirou pelo nariz.

— Sinto muito — eu disse.

Ele acenou com a cabeça.

— Eu também. — Ele olhou pela janela ao longe e respirou fundo, voltando o rosto para a frente logo em seguida. — Vi os pais do Mark no noticiário. O garoto desaparecido, quero dizer.

Eu quase me assustei ao ouvir o som do meu próprio nome.

— Eles pareciam muito assustados. E tristes. Eu me senti muito mal por eles.

Engoli seco, depois engoli seco outra vez. Eu sabia que tinha que ficar triste ou irritado. Um ou outro. Tomei minha decisão.

Cravei as unhas nas palmas das mãos. Curvei os dedos dos pés com toda a força, formando bolas de raiva nos meus tênis.

— Aposto que ele está bem — eu disse, e minha voz saiu fria e irritada, como a tempestade lá fora. — Aposto que ele está muito bem e não precisa da ajuda de ninguém.

Wesley levantou as sobrancelhas e pressionou os lábios. Ele virou a cabeça para o lado, com um pequeno encolher de ombros.

— Pode ser. Ou pode ser que não. — Ele passou a língua pelos lábios, e sua voz abaixou. — A questão é: eles anunciaram que esse garoto está doente.

A última palavra ficou suspensa no ar quente da caminhonete.

— Parece que ele tem câncer.

Respirei com dificuldade pelas narinas e rangi os dentes. Eu odiava a palavra *doente*. Eu odiava a palavra *câncer*.

— Disseram que ele tem isso há algum tempo. Lutou bastante. Pensaram que estivesse curado, mas aí... — A voz de Wesley foi cortada, mas ele respirou fundo. — Bem, dizem que recentemente voltou.

Odiei o jeito como ele disse aquilo. Era o tom de voz que as pessoas usam para falar coisas ruins do tipo *Eu sinto muito*.

— Que pena — eu disse. As árvores passavam por mim, negras e brilhantes diante da luz da tempestade. Tentei olhar para cada uma delas.

— É, é uma pena. Mas os médicos dizem que ele ainda tem uma chance. Disseram que ele pode se curar. Mas, se ele não voltar logo para se tratar, bem... bem, pode ser o fim. A doença vai voltar de vez. Aí, já era.

Fiquei com um nó na garganta.

— É uma pena mesmo — eu disse outra vez, com a voz arranhada. Meus dedos afundaram ainda mais no pelo de Beau, chegando à pele dele e o puxando para perto de mim. Ele se alongou e lambeu meu braço gentilmente. Falei sussurrando, mas acho que Wesley me ouviu: — Mas ela sempre volta.

Pigarreei para limpar a garganta e olhei para ele.

— Disseram isso tudo? No noticiário? Contaram isso para todo mundo?

— Foi, sim. Esta manhã.

Lambi os lábios com raiva.

— Isso não é pessoal? Não é particular? Por que isso é da conta de todo mundo?

Wesley deu de ombros.

— Acho que estavam tentando chamar a atenção das pessoas, fazer com que todos entendessem como é sério o problema...

— O problema é dele — interrompi, talvez soando mais incisivo do que gostaria. — Não é da conta de ninguém. Talvez devessem deixá-lo em paz.

Outro silêncio pairou. Mais nada além da chuva, dos pneus, do motor, do rádio, do som de nós três respirando juntos. Apoiei novamente a cabeça contra a janela.

Foi Wesley quem quebrou o silêncio.

— Então, o que acha que ele está fazendo, esse pobre garoto doente?

Eu só queria pegar Beau no colo, enterrar meu nariz em seu pelo e abraçá-lo, sem precisar responder. Mas continuei com a testa pressionada na janela. E deixei minha mão apoiada sobre Beau. Então fechei os olhos.

— Aposto que ele fugiu para morrer — eu disse. — Talvez vá escalar uma montanha.

Wesley expirou pelo nariz e acho que consentiu com a cabeça.

— E por que ele fugiria desse jeito?

— Sei lá. Talvez ele esteja cansado de ser tratado como "esse pobre garoto doente" — eu disse, devolvendo as palavras dele. A raiva tornou minhas palavras mais fortes. — Talvez ele queira ser o herói, ao menos uma vez. Talvez ele tenha perdido tudo. Os amigos.

A família. O futuro. Todas as coisas que ele queria fazer. Sua vida. Então, talvez tudo o que tenha sobrado para ele seja a própria morte. É tudo o que ele tem. Então ele quer isso.

— Você acha que ele quer isso?

Fechei os olhos com força.

— Não. Mas é o que ele tem. E os hospitais são um saco. E os tratamentos são um saco. Os amigos vendo isso tudo são um saco. Ver seus pais chorarem é um saco. Então, talvez ele só queira escalar uma montanha e desaparecer.

Abri os olhos e olhei bem para ele.

— Talvez seja só isso que ele quer. Ou, pelo menos, seja tudo o que ele pode. E talvez eles devessem deixá-lo conseguir isso.

Wesley concordou. Depois fez uma careta. Balançou a cabeça.

— A vida é uma coisa complicada, não é, filho? — A voz dele estava condoída. — Entender isso tudo, quero dizer. Para todos nós. Estamos nessa juntos. Mas, às vezes, não dá para saber aonde ir.

Eu não disse nada. De vez em quando, mesmo as respostas certas parecem erradas, se você não gosta da pergunta. Essa é a mais pura verdade.

— Então, o que acha que um cara deveria fazer? Um cara que talvez encontrasse esse garoto andando por uma estrada, e ele soubesse o que esse garoto tem e soubesse o que está acontecendo. O que ele deveria fazer?

Mantive os olhos no rosto de Wesley. Minha voz ficou calma. Estava sem aquela raiva de antes. Eu não estava mais irritado.

— Acho que ele deveria dar uma carona e ajudá-lo. Esse cara deveria levá-lo para onde ele precisa ir, para ele poder fazer o que tem que fazer.

Nos alto-falantes, uma guitarra reverberou. Um homem deu um grito. Lá fora era só chuva e escuridão.

— Nunca pude ajudar o meu garoto — disse Wesley.

Olhei para o outro lado, observando novamente a tempestade.

— Talvez você possa ajudar esse garoto doente.

CAPÍTULO
9½

Dia escuro e solitário.

Caminhando, chorando, pensando muito.

Um amigo perdido por aí.

Ela viu as notícias pela TV. Só uma rápida menção a Mark, uma curta atualização antes da previsão do tempo. O número para as pessoas ligarem. Ela o havia decorado.

A notícia mais importante agora era a tempestade. Vinda do norte. Baixando as temperaturas, com ventos intensos e muitas precipitações. Diziam que era uma tempestade de inverno no fim da primavera. Incomum. Severa. Perigosa.

— As autoridades estão sugerindo que as pessoas evitem as estradas e permaneçam dentro de casa — disse o repórter. — Só viaje se for muito necessário.

Havia um mapa do Estado mostrando a movimentação das nuvens e da neve caindo. Neve apenas nas montanhas, disseram. Essa era para ser a notícia boa. Ela olhou para o mapa do Monte Rainier. Perdido em branco.

— Ah, Mark — ela sussurrou para a tela.

Perguntou-se se os pais dele estavam assistindo. Ela esperava que não. Eles não sabiam onde ele estava, mas, não importava onde estivesse, perder um filho em uma tempestade devia ser muito pior.

— Está ficando feia a coisa lá fora, pessoal — continuou o homem do tempo. — Mas vai piorar muito.

Jess foi tomada por um pensamento súbito e terrível. E se ele quisesse que ela contasse? E se ele precisasse que ela contasse? E se ele estivesse entocado em algum lugar, trêmulo de medo, perguntando-se por que ela não tinha pedido a ajuda de ninguém?

E se fosse para ela resgatá-lo?

Tremendo, procurando.

Dúvidas e medos, como nuvens e neve.

Perdido numa tempestade.

CAPÍTULO
10

QUILÔMETROS
RESTANTES:

12

Ficamos sentados na caminhonete no estacionamento, olhando para o Centro de Visitantes Paradise. Era uma construção imensa de madeira com um telhado inclinado dividido em duas partes. Mesmo o inverno tendo acabado há bastante tempo, ainda havia um pouco de neve em volta do local. O estacionamento estava praticamente vazio.

Aqui em cima, quase no fim da estrada, perto do topo da montanha, o vento parecia ser um ente com vida que balançava a caminhonete e entrava pelas frestas da porta. A chuva batia contra o veículo. Onde ela caía no para-brisa, dava para vê-la se misturar com a neve.

Ficamos ali sentados em silêncio, meio que esperando. Wesley não tirava os olhos do centro de visitantes, das nuvens, da chuva, e não parava de morder os lábios. Ele não conseguia olhar para mim.

— Já esteve no Rainier antes? — ele perguntou.

— Não. Era para eu ter vindo com o meu avô, mas... — perdi a fala. Suspirei, sentindo-me mais triste e cansado do que qualquer outra coisa. — Ele era um grande escalador, o meu avô. Sempre dizia que ia me trazer ao Rainier quando eu melhorasse. Esse era o nosso grande segredo que íamos fazer juntos. Mas, justo quando eu melhorei, ele ficou doente. Os rins dele. E nunca mais melhorou.

Pisquei os olhos lentamente, recordando.

— Ele era uma espécie de herói, grande e forte, e meio que foi enfraquecendo. Meses deitado numa cama de hospital, ficando cada vez menor, mais grisalho e mais fraco, conectado a todos aqueles tubos. Era como... Era como olhar para mim mesmo. Ver o meu futuro. Sabe quais foram as últimas palavras dele para mim?

Wesley balançou a cabeça.

— Ele disse, um dia antes de morrer: "Eu nunca quis morrer deste jeito". E ele me fez prometer. Prometer que eu escalaria o Rainier por ele. — Olhei para cima, na direção do alto da montanha, escondida atrás das nuvens. — É claro, ele não sabia que eu ficaria doente de novo. Mas promessa é promessa.

Outra rajada de vento atingiu a caminhonete, lembrando-nos do frio que estava lá fora.

— Como posso deixar você fazer isso? — Wesley finalmente perguntou, ainda olhando para longe. — Como posso deixar você ir quando sei que… sei que…

Sua voz cortou e ele esfregou o bigode com força, com uma das mãos.

Eu sabia que ia precisar de uma mentira para conseguir chegar lá. Engoli seco e olhei para ele.

— Não vou tentar chegar ao topo, senhor. Eu sei que não tem jeito. Só vou subir um pouco, talvez tentar ficar acima das nuvens para poder ver o cume. Pelo meu avô. Vou voltar logo em seguida, e tudo vai ficar bem — Dei uma batidinha na mochila. — Tenho tudo de que preciso aqui dentro. Equipamentos, comida, tudo. Eu sei o que estou fazendo.

Wesley olhou para mim, com sofrimento e preocupação nos olhos. Eu não gostava de fazer aquilo com ele.

— Por favor — eu disse. — Nunca tive escolhas. Minha vida inteira, nunca pude escolher nada. Me deixe escolher isso. Me deixe ter pelo menos isso, antes que todas as minhas escolhas sejam tiradas de mim mais uma vez.

— Mas você poderia ir com um guia, filho, ou eu poderia ir com você, ou…

— Não. Eu preciso fazer isso. Preciso que isso seja meu. Que seja o meu momento.

— Filho, você pode *morrer* lá em cima.

É engraçado. Sentado ali, naquela caminhonete, com nada além da montanha à minha frente, eu estava com tanto medo que mal podia respirar. Meu estômago estava se contorcendo como um peixe numa rede. Mas nunca me senti mais preparado. Eu já estava farto de tudo. Só queria que isso tudo acabasse logo. Essa é a mais pura verdade.

— Talvez eu morra mesmo — eu disse. Beau estava sentado, encostado em mim. Abaixei meu nariz para cheirar seu pelo. — Não me resta mais nada. Me deixe escalar a montanha. É só o que eu quero. Por favor.

Wesley acenou com a cabeça. Ele estava acenando para si mesmo, eu acho. Com os olhos ainda para fora da janela, ele estendeu o braço e apertou meu ombro, com uma mão pesada.

— Vá — ele disse.

— Obrigado — respondi. — E não chame ninguém, está bem? Eu vou ficar bem. Não quero ser resgatado. Não quero nenhum "auê" de buscas. Não quero que meus pais se preocupem comigo por eu estar lá em cima. Vou ligar para eles do centro de visitantes quando voltar, e eles não vão ter que se preocupar mais.

Wesley mordeu o lábio de novo.

— Só vai subir um pouco, depois vai voltar?

— Isso — menti. — Só um pouco, depois eu volto.

A porta se abriu com um rangido de ferrugem, e o vento entrou e me envolveu. Beau pulou por cima do meu colo para ser o primeiro a sair. Deslizei para pisar no asfalto e estava prestes a fechar a porta quando a voz de Wesley me parou.

— Filho — ele chamou. Eu parei, com a mão na porta e a chuva gelada batendo no meu rosto. — Não sei se não posso contar. Talvez eu possa. Mas sei que não vou falar nada por pelo menos uma ou duas horas. Eu sei que posso dar no mínimo essa vantagem a você. Talvez não conte. Não sei.

Eu concordei com a cabeça. Era o máximo que eu ia conseguir, e sabia que já tinha sorte por isso.

— Está bem. Obrigado.

Fechei a porta e, sem esperar, ele deu a partida na caminhonete, afastando-se de mim lentamente. Ainda era possível ouvir a música country suave, eu ainda podia sentir o calor da caminhonete, ainda sentia o cheiro do ar quente, do café, do sanduíche e da fumaça de charuto. Eu sabia que aquele seria o meu último momento feliz. E olha que nem cheguei a ficar feliz.

Levantei a câmera e tirei uma foto da caminhonete verde com luzes traseiras vermelhas, da neve branca, das nuvens negras e da silhueta amigável de um homem bom lá dentro, que foi dirigindo para longe. Deixando-me sozinho.

Virei para a montanha. Ela ainda não estava ali. Ela não se mostraria para mim. Escondida em meio às nuvens, esperando que eu fosse até ela.

— Chegou a hora, amigão — eu disse. Beau chorou e se enroscou em mim. Estava um gelo.

Do outro lado do estacionamento, pouco depois do centro de visitantes, estava uma pequena barraca escura de pinheiros curvados pelo vento. Caminhei até lá com Beau me acompanhando.

— Fique — eu disse a ele. Beau levantou a cabeça e olhou para cima. — Eu já volto.

Apoiei a mochila no chão, virei e saí andando. Eu sabia que ele ficaria. Era um bom cachorro.

O centro de visitantes era enorme por dentro, com um teto alto e grandes espaços preenchidos por informações sobre o Monte Rainier. Havia uma grande maquete da montanha em volta da qual se podia olhar, e exposições sobre as plantas e os animais que viviam lá, além de informações históricas e trilhas de escalada. Olhei para a maquete, suas faces de pedras negras e o cume grande e branco, e me senti minúsculo e aterrorizado, e sozinho, sozinho, sozinho.

Com a tempestade se aproximando, o lugar estava praticamente vazio. Só algumas pessoas aqui, outras ali, em pares, trios, quartetos. Reconheci algumas delas do ônibus circular, então procurei evitar contato visual. Eu era o único que estava sozinho.

No andar de cima, havia uma lojinha. Tinha livros, mapas, filmes e chaveiros. E petiscos. Enfiei a mão no bolso e peguei meus últimos trocados. Nove míseros dólares. Os últimos nove dólares da minha vida.

Peguei algumas barras de cereais, alguns chocolates cobertos de amendoim, um saquinho de frutas secas. Havia algumas famílias fazendo compras, as crianças eram animadas e barulhentas, pedindo aos pais que comprassem coisas. Andei por entre eles calado, sem ser notado. Era como se eu já fosse um fantasma. Eu queria pedir que eles comprassem um bicho de pelúcia para mim, que me levassem para casa, mudassem meu nome e eu vivesse para sempre.

A moça do caixa passou minhas compras.

— Oito e cinquenta — ela disse.

A moça parecia mal-humorada. Ela estava usando maquiagem demais. Cheirava a cigarro e olhava para mim como se me odiasse. Minha dor de cabeça, sempre presente, fincava os dentes por dentro do meu crânio.

Ela não podia ser a última pessoa com quem eu falaria. Não podia acabar daquela maneira. Meu coração tremeu ao pensar como eu era pequeno, solitário.

— Tem algum orelhão? — perguntei. Minha voz estava fraca, com a cabeça e o coração martelando.

— Lá embaixo — ela respondeu.

Devolvi uma das barras de chocolate.

— Posso pegar meu troco em moedas?

Ela quase virou os olhos, mas me deu as moedas.

Fui andando até lá embaixo.

O telefone ficava num pequeno corredor escuro que levava aos banheiros. Não havia ninguém por perto.

Minhas mãos estavam tremendo, e as moedas que eu segurava estavam molhadas de suor.

Coloquei as moedinhas uma por uma. Eu estava tremendo tanto que quase não conseguia ficar de pé. Minha cabeça era só dor. Fechei os olhos com força, tentando lembrar o número. Eu tinha só uma chance. Precisava acertar.

Pressionei os números, um após o outro. Os botões metálicos estavam desgastados por milhares de dedos.

Depois de apertar o último número, coloquei o telefone no ouvido, me curvei para a frente contra a cabine e fechei os olhos novamente. Meu ouvido se estendeu por quilômetros e quilômetros de ruídos de estática.

O telefone começou a chamar.

CAPÍTULO
10½

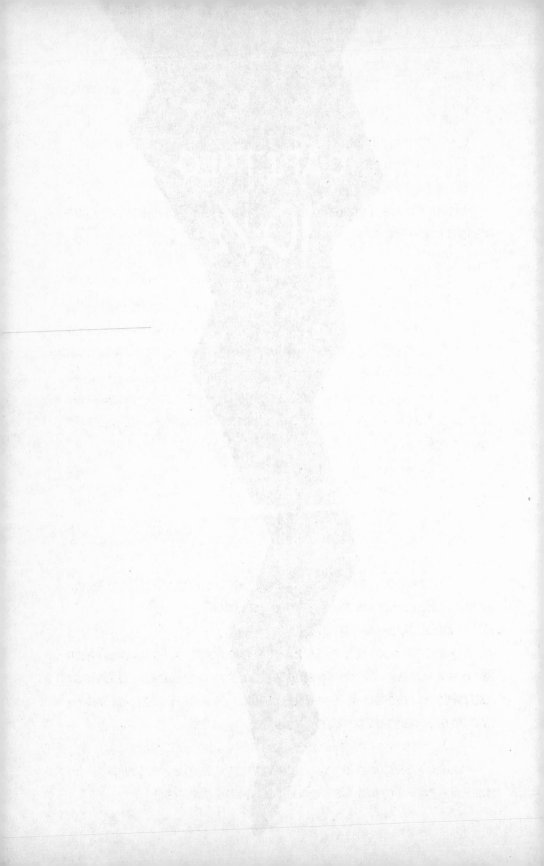

Um quarto de segredos.

Ela se sentou em silêncio.

O telefone tocou.

Ela andou até o aparelho e olhou para a tela. Estava escrito "chamada não identificada".

— *Alô?*

— *Oi, Jess.*

Ele não precisava dizer o nome. A caneca de água que ela estava segurando escorregou por entre os dedos e se espatifou no chão, espirrando para todos os lados, mas ela nem olhou para baixo. A voz dele — aquela voz que ela conhecia tão bem —, sua voz preferida — a voz que ela não ouvia há dois dias —, apenas a voz dele, tão pequena e distante no telefone, fez brotarem lágrimas ardentes em seus olhos.

— *Mark? Mark!*

Ele riu no ouvido dela, uma risada tímida e cheia de medo.

— *Isso, Jess. Como... como está tudo por aí?*

Ela balançou a cabeça e sentiu as respirações rápidas e curtas. Estava quase desmaiando.

— *Tudo está uma loucura, mas eu não me importo. Quem se importa?... Mas onde você está? Você está bem?*

— *Estou lá, Jess. Estou lá.*

Ela engoliu seco. Estou lá. Ele não falou com muito orgulho. Nem demonstrou medo. Como se suas palavras não pudessem decidir de qual parte do coração vinham. E os ouvidos dela não conseguiam decidir com qual parte do coração as ouviam.

— *Ok. Mas você está bem?*

Houve um silêncio longo. Ela pensou que ele havia desligado, ou que a linha tinha caído. Os joelhos dela quase dobraram.

Porém, sua voz voltou. E soava como se estivesse indo embora. Parecia mais com um adeus.

— Eu só queria ouvir a sua voz.

— Mark...

— Eu estava me sentindo sozinho agora, e antes de partir eu só queria...

A voz dele se interrompeu, e ela esperou. As palavras *antes de partir* ressoaram na cabeça dela como corvos em volta de uma sepultura.

— Mark...

— Obrigado por tudo, Jess. Por tudo mesmo. Você é...

— Mark...

Ele continuava falando, suave mas rápido; falava tanto que ela não conseguia dizer nada.

— Você é a melhor. Você sempre foi. Obrigado por tudo. E... eu... eu amo você, Jess. Eu só... Eu amo você, é isso.

Não tinha nada de piegas naquilo. Não importava que ele fosse um garoto e ela uma garota. Só importava que eles eram amigos. Melhores amigos.

A voz dele era tão fraca, tão distante. Tão mirrada e solitária. Seu amigo tinha conseguido. Ele chegara aonde queria, sozinho. Mas agora estava lá longe.

O coração dela estava leve e partido ao mesmo tempo. Essa é a mais pura verdade.

— Mark, espera! — ela quase gritou. — Mark, escuta, eu preciso de você! Eu não posso... — Mas a linha ficou muda.

O telefone ficou mudo.

A única coisa que ela ouviu foi o próprio sussurro.

— Eu também amo você, Mark.

CAPÍTULO
11

QUILÔMETROS
RESTANTES:
13

A tempestade, agora, estava feroz.

Comecei a subir a montanha.

Beau estava ao meu lado.

É claro que ele estava. Sempre estivera. Quando desliguei o telefone e fui para o lado de fora, ele estava sentado exatamente no lugar onde o deixei, com minha mochila nas árvores, esperando por mim. Meu outro melhor amigo.

Peguei da mochila minhas meias de reserva e minhas botas de escalada e as coloquei nos pés. Deixei os tênis para trás. Vesti meus dois pares de luvas, o casaco *high-tech* de inverno e o gorro térmico que cobria todo o rosto exceto pelos olhos e uma pequena abertura na boca. Eu havia mentido para Wesley; não tinha quase nenhum equipamento necessário para escalar um monte como o Rainier. O que eu tinha era o suficiente para começar, para ir longe o bastante para não voltar mais. Porém, a segunda parte que eu disse era verdade: eu sabia exatamente o que estava fazendo.

Tirei da mochila um pequeno pote preto de plástico de guardar filme. Era mais ou menos do tamanho de uma pilha média. Eu o fechei e enganchei um anel de metal num buraco que fiz na tampa. Lá dentro estava um bilhete que explicava tudo. E um pedido de desculpas para minha mãe e meu pai. E meu nome, endereço e número de telefone. Encaixei-o na coleira de Beau, perto de sua placa de identificação.

— Você vai para casa em segurança, amigão — sussurrei, dando um beijo em seu focinho. — Você precisa.

Ele sorriu para mim e bufou.

Eu e Beau dividimos algumas bananas, uns bifinhos e um pouco de frutas secas. Desembrulhei uma barra de cereais para comer enquanto estivesse caminhando e me levantei. Estávamos mais que prontos.

A trilha levava para a parte de trás do centro de visitantes, para longe do estacionamento. Como se não fosse nada. Só uma caminhada de quilômetros de gelo, neve, geleiras, pedregulhos e fissuras até o topo de um vulcão adormecido. Nada de mais.

Era subida desde o primeiro passo. Havia neve por toda parte assim que saímos do estacionamento, com as marcas de vários pés antes dos meus, mas ainda assim eu escorregava um pouco a cada passo. Tornou minha caminhada lenta e minha respiração mais ofegante, isso porque eu só estava começando. Beau disparou na minha frente, feliz com a neve em suas patas e um sanduíche de presunto e queijo no estômago. E seu menino ao lado dele. Ele não estava preocupado com montanhas.

Eu não queria pensar em nada, então me concentrei em como o vento estava penetrando as roupas até minha pele. Pensei em como meus pés já estavam frios por causa da neve. Pensei em como minhas pernas eram fracas e molengas. Pensei no meu estômago ácido e instável, que variava entre se sentir faminto e nauseado. Nem precisava pensar na minha cabeça — a dor lancinante e crescente fazia o trabalho por mim.

Sim. E, de vez em quando, entre um passo e outro, eu pensava na minha mãe, e em como ela não teria ninguém para cobrir quando fosse dormir.

Ou no meu pai, e em como ele provavelmente se sentaria à mesa de jantar sozinho, olhando para as próprias mãos. Como ele havia feito por horas quando meu avô, seu pai, morrera.

E Jessie. Às vezes, na Jessie. E em como devia ter sido difícil para ela não contar nada a ninguém.

Mas eu tentava não pensar.

Quando minhas pernas estavam queimando, e meus pulmões sugavam o parco ar da montanha, e meus joelhos estavam tremendo de fraqueza, eu parei para descansar. Curvei o tronco com as mãos nos joelhos e tentava recobrar o fôlego, evitando vomitar. Olhei para trás, por cima do ombro.

Ainda podia ver o centro de visitantes. Nem parecia tão menor assim. Balancei a cabeça.

— Muito bem — eu disse a Beau, entre as respirações. — Chega de olhar para trás.

Quanto mais alto você chega no mundo, mais difícil vai ficando para respirar. Essa é a mais pura verdade. Fiz minha pesquisa. Quanto mais alto, mais rarefeito o ar fica. Tem menos oxigênio, necessário ao corpo. Com menos oxigênio, seus músculos ficam mais cansados, é complicado recuperar o fôlego, seu cérebro fica fraco e confuso. Tudo é mais difícil. Em montanhas muito altas, os escaladores levam seu próprio oxigênio em tanques. Eles respiram por máscaras, como fazem os mergulhadores. É isso que os mantém vivos.

Segui em frente. O vento estava vindo por trás. Isso era um ponto positivo. Estava ventando tão forte que, às vezes, quase me empurrava. Era congelante, barulhento e vinha junto com flocos de neve duros e cortantes — mas estava me levando para o topo da montanha.

Eu não gostava do tremor nas minhas pernas. Não gostava das pontadas nos meus pulmões vazios, ou da maneira como meu estômago se contraía, retorcia e girava. Era muito cedo. Eu sabia que meu corpo já estava nas últimas. Sabia que estava fraco e doente. Mas era cedo demais. Ainda tinha muito a percorrer.

Segui em frente. Todos os pensamentos que tentei impedir agora estavam borbulhando dentro de mim. Rostos, vozes, lembranças. Todas as pessoas de quem eu sentiria falta. Jessie. Meu pai. Minha mãe. Outras pessoas também, mas basicamente eles. Eram eles que sentiriam a minha falta.

Tropecei e caí sobre um joelho. Me ajoelhei por um instante, tentando recobrar o fôlego com um vento que carregava mais neve do que oxigênio. Beau se pressionou contra mim. Minhas pernas estavam frouxas. Os rostos ainda estavam fixos na minha mente. Mantive-os lá bem firmes. Então, subitamente, minha tristeza se transformou em uma raiva fria.

Eles sentiriam minha falta. Mas estariam vivos para sentir minha falta. Eles continuariam a viver.

Jess havia guardado meu segredo. E daí? Ela tinha que guardar o segredo de onde eu ia morrer — mas era eu que teria que passar pela morte.

Minha mãe nunca mais poderia me cobrir à noite, é claro. Mas eu nunca mais precisaria de calor.

Meu pai se sentaria sozinho à mesa. Eu morreria sozinho numa tempestade de neve.

Eles chorariam quando eu partisse, mas era eu quem partiria. Eles teriam todos os amanhãs do mundo para se sentirem melhor.

— Não é justo! — eu gritei. O vento engoliu minhas palavras e as soprou com uma rajada de gelo.

Esta é uma coisa que eu não entendo: praticamente tudo. Não entendo nada de nada.

Minha raiva foi ficando forte o bastante para me levantar, pé ante pé, para me fazer atravessar aquela tempestade.

Segui em frente. A tempestade era feroz, mas eu também era.

Beau era um anjo ao meu lado. Tudo o que eu via era a neve nos meus pés, e ele sempre ali. A neve se acumulava em nacos de gelo em seu pelo. Eu podia vê-lo tremer quando parávamos para descansar. A língua dele pendurada de lado, para fora da boca. Mas ele sempre estava lá. Confiando em mim. Seguindo os meus passos. Meu coração ardeu em lágrimas quando pensei aonde ele estava me seguindo. Então parei de pensar nisso.

Segui em frente. Na verdade, não tinha muito o que fazer. Eu estava tão doente que nem era para ter conseguido sair do estacionamento. Mas segui em frente.

Mesmo tendo dito que não faria isso, virei de novo e olhei para trás só mais uma vez.

O centro de visitantes não estava mais à vista. Atrás de mim estava apenas um vazio sem fim. Não havia nada. Não havia ninguém.

A solidão uivava mais alto que o vento.

Mais alto, até, que a minha raiva.

Meus dentes batiam.

— Bem — eu disse, ficando de joelhos para abraçar com um braço o pescoço trêmulo de Beau —, é isso aí. É isso aí, amigão. Partimos.

Beau se acomodou em mim. Fiquei assustado de ver como ele estava tremendo. Esticou o focinho para lamber meu queixo. Afaguei-o atrás das orelhas.

Eu não sabia se lágrimas podiam congelar. Se podiam se transformar em gelo nos meus olhos e me cegar. Mas pareciam quentes demais para congelar.

Virei de frente para o meu destino, ainda de joelhos. A montanha era só subida, cada vez mais íngreme a cada passo. Com o vento e a neve, eu só podia ver cerca de trinta metros à frente.

— Gostaria de poder te ver! — gritei para a montanha, na esperança de que o vento levasse minhas palavras para o pico escondido. Não tive resposta, e as nuvens não cederam. Fiquei de pé de novo. Segui em frente.

Todo o meu senso de tempo e direção foi levado com o vento. Só havia para cima e para baixo, e eu estava indo para cima. Mantinha os olhos para baixo, fixos nas sombras das pegadas que eu estava seguindo, de todos os escaladores e guias que estiveram aqui antes de mim. A neve era tão branca, mesmo na escuridão da tempestade, que eu tinha que manter os olhos entreabertos. Às vezes eu caminhava com os olhos fechados. Parecia mais acolhedor desse jeito.

Não dava para ver o sol, mas eu sabia que ele estava se movendo. Alguma coisa nas sombras ou no ângulo da luz fraca me dizia que o meio-dia e várias horas já haviam passado, e o fim da tarde estava surgindo por trás das nuvens. E, depois disso, noite. Escuridão. Ignorei meus pulmões, minhas pernas, minha cabeça e caminhei mais rápido.

Segui em frente.

Por minutos ou horas, eu andei — é difícil saber. Por metros ou quilômetros, eu andei — impossível medir. Eu estava com muito frio para sentir fome.

Embora sem olhar para trás de novo, eu parava algumas vezes e olhava para a frente. Eu queria vê-la. Eu queria ver a montanha. Queria saber que ela estava ali.

Ela sempre estava perdida, em algum lugar em meio às nuvens.

Foi quando parei de novo, de mãos e joelhos no chão, com Beau tremendo ao meu lado, que vi os escaladores. Eu estava tentando ver o pico quando a neve deu uma pequena trégua e observei uma linha de pessoas. Elas estavam pequenas, distantes. Estavam se arrastando para baixo, recuando da montanha, indo para onde as pessoas viviam.

Mas não estavam vindo na minha direção.

Estavam mais para o lado, em uma trilha de neve, um pouco acima de mim. Havia um pequeno vale profundo de neve entre nós.

Eu me agachei ali, com os joelhos e as luvas na neve. Balancei a cabeça e tentei pensar, absorvendo o ar rarefeito por entre os lábios rachados.

— Eles saíram da trilha certa — eu disse a Beau. Minha respiração estava fraca e ofegante. — Estão perdidos.

Fiquei pensando se eu deveria tentar chegar até eles, tentar avisá-los de que estavam indo pelo caminho errado. É uma montanha grande. Se sair muito da direção certa, você pode desaparecer. Mas não. Eu não podia deixá-los me ver. Um menino, sozinho nessa tempestade, numa montanha. Eles me agradeceriam por salvá-los e me arrastariam com eles lá para baixo. De qualquer forma, aposto que tinham um guia que os levaria para casa em segurança.

Casa. Segurança. Balancei a cabeça, fiquei de pé com dificuldade e segui em frente.

Pouco tempo depois — talvez horas, não sei —, percebi que eu não estava mais seguindo qualquer tipo de trilha.

Parei rapidamente. A neve na minha frente estava suave e voava ao vento. Olhei para os lados e para trás. Não havia pegadas. Nem mesmo as minhas.

Permaneci ali e lutei para tomar ar. Eu vinha caminhando distraído. Meus pensamentos não tinham uma ordem lógica. Arrepios sacudiam meu corpo inteiro. Não fazia ideia de quanto tempo estava caminhando sem ver aonde estava indo.

Lembrei-me dos outros escaladores, aqueles que estavam descendo. Eles não estavam fora da trilha.

Eu estava.

Para qual direção eles foram?

Olhei ao meu redor e vi apenas branco. Perdi a trilha em que eles estavam e o vale entre nós. Mal conseguia lembrar qual caminho eu estava procurando quando os vi. Eu estava andando em círculos.

Continuei virando, olhando e balançando a cabeça. Ao meu lado, Beau se sacudiu e choramingou. Não importava para onde eu olhasse, não havia nada além de branco. Mas era um tipo mais sombrio de branco.

A noite estava se aproximando.

E eu estava perdido.

CAPÍTULO

11 ½

A espera é dura.

Imaginar é como se afogar.

Perguntas atormentam e desaparecem.

Jessie esperou na mesa enquanto a mãe de Mark terminava de preparar o jantar. Ela sempre jantava com Mark e sua família nos dias de semana, quando a mãe dela trabalhava até tarde. Só que agora Mark não estava lá. "Estou lá, Jess." As palavras doíam em seu coração. Eram como uma ferida aberta. Sempre que ela tentava esquecer, sua mente dava uma cutucada. "Eu estava me sentindo um pouco sozinho."

A casa toda estava na expectativa, como pratos quebrados pouco antes de chegar ao chão.

A TV estava ligada na cozinha. Era o noticiário de novo. Ela estava ouvindo o repórter falar com sua voz calma e cuidadosa.

Havia apenas duas histórias importantes: Mark e a tempestade. Para quem estava assistindo, eram duas histórias diferentes. Mas não para Jessie.

Ela se perguntou por que a mãe dele estava com a TV ligada. Só pelo barulho? Só para saber que o resto do mundo não havia se esquecido de seu filho perdido?

O pai de Mark sentou-se à mesa na frente de Jess. Ele estava com o jornal na frente do rosto, mas ela tinha certeza de que ele não estava lendo. Estava só observando. Seu olhar parecia distante.

A mãe de Mark trouxe dois pratos de espaguete e almôndegas. Tinha um cheiro familiar e acolhedor. Jessie ficou se perguntando se ela fizera aquele prato por ser o preferido de Mark. Como se ele estivesse escondido no jardim dos fundos e o cheiro fosse atraí-lo e ele surgisse do escuro. Ou talvez só porque fosse a única coisa que ela podia fazer por ele: seu prato favorito. É o que as mães fazem.

O pai de Mark nem tirou os olhos do jornal que não estava lendo.

— Você precisa comer alguma coisa — disse baixinho a mãe de Mark, apertando o ombro do marido com uma mão.

— Não estou com fome — ele respondeu, balançando a cabeça. — Eu já disse isso a você.

— Eu sei, querido. Mas você precisa comer.

Ele balançou a cabeça de novo e soltou todo o ar.

— Não consigo. Ainda não.

Ela empinou o quadril e abaixou o queixo.

— Não vou sair daqui até que você coma uma almôndega.

O pai dele olhou feio para ela, mas fincou o garfo em uma almôndega e a jogou na boca. As sobrancelhas dele continuaram franzidas, mas os cantos de sua boca sorriram ao mastigar. A mãe de Mark deu um tapinha no ombro dele e voltou para a cozinha.

O pai dele viu Jessie assistindo a tudo do outro lado da mesa, virou os olhos e piscou para ela. Ela sorriu de volta e os dois deram uma grande garfada de espaguete.

Ela mastigou e pensou, e tudo veio à tona com o gosto do prato favorito do melhor amigo na boca. Ela viu os quatro, todos ligados. Ela e Mark e seus pais. E Beau, também, lá fora, em algum lugar, ao lado do dono. Até sua própria mãe, chegando em casa do trabalho a esta hora, entrando em uma casa escura e vazia.

As janelas tremeram com a tempestade do lado de fora, e tudo o que se via era breu. Aqui dentro havia uma família. Havia amigos. Havia luz, calor, espaguete quentinho e pessoas ajudando umas às outras. Ela viu a mãe de Mark ajudar o marido a comer. E como ele a ajudava por estar comendo. Ela viu pessoas, perdidas e procurando. Como elas ajudavam umas às outras.

Mesmo que não quisessem.

Mesmo que a ajuda não fosse desejada.

No noticiário, ela pôde ouvir o fim da reportagem do homem do tempo:

— "... e agora este é um Alerta de Tempestade de Inverno para a maior parte do Estado, pessoal. Recorde de temperatura baixa e de queda de neve nas montanhas. Essa vai bater o recorde. Fiquem dentro de casa com suas famílias; é onde vocês têm que ficar numa tempestade como essa. Agora é com você, Rebecca".

Lágrimas quentes surgiram nos olhos dela. Ela piscou para disfarçá-las. Era hora de ser forte.

Ela ficou de pé.

— Obrigada pelo jantar — ela disse. — Preciso ir para casa.

CAPÍTULO
12

QUILÔMETROS
RESTANTES:
11

O mundo inteiro era vento.

Neve e frio estavam por toda parte.

A escuridão estava se aproximando.

Meus tremores eram tão fortes agora que meu corpo até doía. Tropecei para a frente, com os pés dormentes. O vento soprou por dentro das minhas roupas, mesmo eu estando com todas elas: o casaco sobre a jaqueta sobre o moletom sobre a camiseta. Ainda assim, não era o suficiente. O vento era um monstro com garras de gelo que se fincavam na minha pele e não me soltavam.

Beau tropeçou na neve. Suas patinhas afundavam em alguns lugares, e ele tinha que ficar pulando para continuar se movendo.

O mundo estava ficando cada vez menor e mais barulhento. Tinha congelado a um círculo de neve. De vez em quando, batia uma rajada de vento e as nuvens ao meu redor eram levadas embora, e por um momento eu podia ver trilhas de neve e bancos de nuvens ao longe. Mas, na maior parte das vezes, só conseguia ver o chão à minha frente, meus pés e o cãozinho que estava ao meu lado, enfrentando essa tempestade.

É. Segui em frente. Não sei por quê. Eu queria chegar ao topo. O topo de uma montanha que eu ainda nem tinha visto. Eu estava tão fraco que, só de levantar os pés para o passo seguinte, já era quase mais do que eu aguentava. Mas eu segui em frente.

Não havia trilha na minha frente. Eu estava completamente perdido. Mas não fiquei muito preocupado com isso. Trilhas servem para aqueles que querem voltar. O único lugar a que eu precisava ir era para cima.

— Eu não vou desistir! — gritei com o vento. Mas minhas palavras saíram como uma tosse. Eram fracas e sem ar, e o vento as levou embora antes que o mundo pudesse ouvi-las. Era somente eu, e eu estava congelando até a morte.

Arqueei-me para a frente, toda a força se esvaiu dos meus músculos. Tentei dar mais um passo e descobri que não conseguia mais. Lutei para mover minha perna para a frente, mas ela não saía do lugar. Achei que estava preso.

Então ouvi Beau chorando, e ele não estava ao meu lado. Estava atrás de mim. Olhei para baixo e o vi, enterrado nas minhas pegadas, com os dentes cravados na minha calça.

— Me solta — eu disse, e fiquei assustado com a maneira como minhas palavras saíram emboladas. Tentei mexer a perna outra vez, mas ele puxou com mais força ainda. Eu tropecei e caí sobre um joelho. — Qual é o seu problema, Beau? — suspirei.

Ele chorou de novo, e então soltou a minha perna só para dar um latido forte.

Eu conhecia aquele latido. Era o latido que ele usava quando alguém que ele não conhecia havia se aproximado da porta. Aquele que usava no meio da noite ao ouvir um som de que não gostava. Era seu latido de alerta.

Ele deu o latido de alerta de novo e voltou a se agarrar na minha calça.

Ajoelhei na neve e tentei respirar e pensar, mas não consegui fazer direito nem uma coisa nem outra.

Virei para olhar através da neve à minha frente. Foi quando vi uma fissura.

Uma fissura é talvez o maior perigo que pode existir para montanhistas. É, basicamente, uma rachadura imensa na neve e no gelo. Um longo e estreito cânion que corta duas montanhas. Pode ser incrivelmente profunda. Uma fissura pode ter apenas um metro ou um metro e meio de largura, mas centenas de metros de profundidade. Às vezes, a parte de cima fica coberta de neve, como se a montanha tivesse criado uma armadilha. Se um escalador cai nela, é quase sempre o fim da linha para ele. Você cai na escuridão, até que o espaço vai se estreitando cada vez mais e você, finalmente, fica preso entre duas paredes de gelo, impossível de ser resgatado. Você morre de frio, fome ou sufocamento, preso em um caixão escuro feito de gelo. É o maior medo de um escalador.

O Monte Rainier é cheio delas.

Havia uma fissura bem na minha frente. Tinha quase dois metros no topo. Não dava para ver o fundo. Fiquei a apenas um passo de cair lá dentro. Meu coração, já disparado, quase pulou do meu peito. Em meio à neve, à escuridão quase total e ao meu próprio mal-estar, não tivera tempo de vê-la. Eu teria ido bem na direção dela se não fosse por Beau me impedir.

Sentei-me na neve e respirei profundamente, com o coração disparado, e olhei lá para baixo e vi como era a morte. Era negra, fria e próxima. Impossível ver o fim.

Dei um passo para trás e acariciei Beau com minha mão gelada.

— Bom garoto — bufei, e ele soltou a minha calça. Eu me agachei e o abracei, apertando seu corpinho trêmulo contra o meu. — Bom garoto.

Ele lambeu meu queixo. Sua língua era fria e seca.

Abri o casaco e a jaqueta, deixando o vento gélido entrar para que eu pudesse pegar minha câmera. Meus dedos estavam mortos e sem controle por causa do frio, mas consegui erguer a máquina sobre a boca aberta da fissura. Era a morte à espreita. Da qual eu estava fugindo e para a qual estava andando. Minha garganta estava com um nó duro e frio. Pressionei o botão e tirei a foto da morte.

Meu moletom levantou e o vento mordeu meu estômago como um lobo faminto. Deixei a câmera cair no meu peito de novo, puxei para baixo o moletom e fechei o zíper do casaco. Embora estivesse ajoelhado ali há alguns minutos, eu ainda estava sem ar. Meus pulmões não encontravam ar suficiente para me manter vivo.

Eu me soltei da mochila e a joguei na neve na minha frente. Não conseguia sentir os dedos dentro das luvas e tentei insistentemente, sem sucesso, segurar o zíper para abri-la. Enfim, trouxe o zíper até meus dentes e puxei a mochila com as mãos até que ela se abriu.

Não havia restado muita coisa além do meu caderno. Algumas bananas, quase congeladas. Uma barra de cereais. Uma garrafa de água, quase cheia, com uma película de gelo por cima. Um saquinho de petiscos caninos.

Abri o saquinho, rasgando-o com os dentes, e joguei na neve os petiscos. Beau correu na direção deles e os mastigou ruidosamente. Mordi a casca da primeira banana e consegui retirá-la, e devorei a fruta em grandes mordidas. Meu estômago estava enjoado e desgastado, mas precisava desesperadamente de combustível, então segurou a banana. Fiz o mesmo com a segunda banana. Arranquei também com os dentes o invólucro da barra de cereais e do chocolate. Já estava quase tudo congelado, mas ainda eram doces e deliciosos. Cuspi os restos de plástico quando pude. Minha boca seca quase travou com o chocolate e o caramelo, mas não parei até terminar a barra. Quase sorri de tão gostoso que estava.

Chacoalhei a garrafa de água para romper o gelo e a entornei. Queimou a minha garganta. Despejei, com as mãos tremendo, o restante para Beau, que correu para bebê-la. Torci para que ele tivesse tomado o suficiente.

Olhei para cima, além da fissura da qual Beau havia me salvado. A tempestade formou um redemoinho diante de mim. O sol, onde quer que estivesse, tinha quase ido embora por completo. A noite estava chegando com vento e neve.

Quando fiquei de pé, no entanto, minhas pernas estavam fortes de novo. Não sei se foi pelo resto de comida, mas eu estava pronto.

— Aí vamos nós, Beau — bufei, colocando a mochila nas costas de novo. Não pesava quase nada. Tudo o que eu tinha agora era um caderno, um lápis e algumas cordas. Não tinha mais quase nada.

Virei e caminhei pela lateral da longa fissura. Era negra e o vento assobiava pelo topo. Parecia faminta. Ela ziguezagueava diagonalmente ao longo da inclinação, ficando mais larga e mais fina conforme eu andava. Eu sempre ficava de olho nela. Beau veio andando pelo outro lado, longe da fissura. Ele também não tirava o olho dela.

O mundo ia ficando cada vez mais escuro conforme caminhávamos, como se a escuridão estivesse brotando da fissura e subindo com a espiral de neve, preenchendo os céus. Passo a passo, a luz tênue do sol foi sendo substituída pelo brilho pálido da lua de prata. Lutei contra meus arrepios e segui em frente.

Finalmente, cheguei a um lugar onde a fissura havia se estreitado para cerca de meio metro. Um grande passo ou um pulo. Olhei para cima e vi que a fenda se alargava de novo mais para a frente. Eu estava do lado errado dela, e não sabia mais quanto teria que andar até chegar ao seu fim. Quilômetros, talvez. E eu sabia que meu tempo estava se esgotando.

— É agora — arfei, curvando o corpo para me apoiar nos joelhos. — Temos que cruzar aqui.

Beau chorou e ficou dando passos em falso. Ele estava ofegante e não parava de lamber o focinho, enquanto sapateava na neve.

— Desculpe, amigão. Eu também não quero. Mas é preciso. Essa é a mais pura verdade.

Tirei a mochila e a joguei do outro lado da fenda. Não parecia tão distante.

A fissura era estreita, mas ainda bastante profunda. Fui até a beirada e olhei lá para baixo, vendo apenas as paredes da fenda azul desaparecendo na escuridão. Tentei engolir, mas minha saliva havia secado ou congelado.

Coloquei um pé à frente, para firmar meus dedos na beirada. Ouvi Beau resmungar atrás de mim em um rosnado que se transformou em choro. Não olhei para ele. Minhas pernas tremiam. Sem pensar, tomei impulso com o pé de apoio e, com toda a força que me restara, joguei meu corpo para a frente com a ajuda da outra perna. A grande e negra fenda de gelo passou por baixo de mim e eu cheguei ao outro lado. Meus pés escorregaram no gelo coberto de neve, mas eu consegui atravessar, então me deitei por um momento, agradecido e exausto.

— Muito bem, vamos lá, Beau! — gritei para ele, do outro lado da fissura. Eu me virei e fiquei de joelhos. — Vamos, amigão! Você consegue! Não é tão longe!

Beau continuou sapateando. Ele pulava, chorava e corria para a frente e para trás. Seu corpo todo estava tremendo.

— Isso não é nada, amigão! Não olhe para baixo! Apenas pule para mim, Beau! Vamos, Beau, vamos!

Beau foi devagar até a borda. Ele deu outro latido fino, com as orelhas para trás e o rabo entre as pernas. As patas da frente chegaram até bem na beirada. Ele colocou as patas de trás embaixo do corpo, baixando as ancas, pronto para pular. Ele olhou na minha direção, com toda a confiança que tinha em mim.

Esta é uma coisa que eu não entendo: por que aquele cachorro confiava em mim e me seguia para qualquer lugar, depois de eu tê-lo arrastado montanha acima naquela tempestade. Essa é a mais pura verdade.

Beau pulou. Uma das patas da frente escorregou no gelo. Ele só conseguiu pular meio de lado.

As patas da frente conseguiram atravessar. Mas as de trás, não.

Ele se agarrou ao gelo por um segundo com as garras da frente, mas não havia nada em que se agarrar.

Beau caiu no meio da fissura.

CAPÍTULO
12 ½

Chuva negra nas janelas.

Lábios mordidos e lágrimas caladas.

Medo. E solidão.

Jessie estava inquieta em seu quarto. De um lado ao outro.

Ela circulava.

Estava escuro, dentro e fora de casa. Ela não havia ligado a lâmpa-da. Tinha muita coisa na cabeça. Seu medo. Sua solidão. O fato de ela saber o que tinha feito. E o que não tinha feito. Estava tudo circulando em sua mente até não haver mais espaço para tudo aquilo, então ela abriu a porta e saiu rapidamente pelo corredor para fora de casa, para a rua, onde chovia e ventava. Jessie havia saído da casa de Mark há uma hora, mas agora voltava, correndo contra o vento.

Ela abriu a porta de tela na varanda da frente, mas, antes que pu-desse bater, a porta se abriu e lá estava a mãe de Mark.

— Jess! Eu já estava à sua procura. Você não atendeu o telefone. Recebemos uma ligação!

— O quê?

— Alguém ligou para a linha direta. Sabemos onde está o Mark.

A mãe de Mark hesitou. Não havia nenhum sorriso nos lábios dela, nem brilho em seus olhos. Seu rosto tinha as cores da preocupação.

— O que foi? É uma coisa boa, certo? É bom, não é?

A mãe dele olhou para a escuridão atrás de Jessie, com a chuva caindo e o vento soprando. Ela mordeu o lábio inferior.

— Não, querida. Não é.

A chuva escorria por seu pescoço.

Seus pulmões começaram a respirar cheios de medo.

Um coração partido de esperança.

CAPÍTULO
13

QUILÔMETROS
RESTANTES:
9

Dei um salto para a frente enquanto Beau ainda estava se agarrando no gelo com as patas. Quando caí de estômago no chão, seu nariz estava sumindo pela borda. Deslizei de barriga para baixo, com os braços e os dedos esticados. Minha bochecha raspou no gelo, igual a asfalto.

Não havia tempo para gritar.

Minhas mãos estavam dormentes, e por dentro de luvas muito grossas. Senti seu corpinho escorregando por entre meus dedos desajeitados. Com tudo o que ainda havia de vivo dentro de mim, firmei os dedos como garras de aço e rezei para que eles encontrassem alguma coisa para agarrar.

Meus dedos estavam dormentes demais para sentir qualquer coisa. Mas um braço queimou. Queimou com o peso sacolejante. Peguei.

Levantei a bochecha do gelo. Eu não conseguia ver o braço que estava queimando através da borda, por cima do ombro. Ergui a cabeça e vi Beau, dependurado sobre a escuridão da morte certa. Três dedos sem vida estavam agarrados em sua coleira. Mas por muito pouco.

Ele balançava e lutava, com medo e quase se estrangulando. Seu corpo pulava e se retorcia. Mais um pouco e ele se soltaria de mim e cairia, para sempre.

Puxei e grunhi. A câmera ainda pendurada no meu pescoço pressionava meu peito como uma rocha. Meus dedos cederiam a qualquer instante.

— Eu vou conseguir, Beau! — gemi. — Eu aguento você! Não vou desistir! — Ele ainda se contorcia e balançava. — Sou forte o suficiente!

Comecei a puxá-lo, pouco a pouco. Os músculos do meu braço estavam gritando. Uma rajada de vento soprou em mim como se fosse um touro bravo.

Meus três dedos, fracos e dormentes, cederam.

— Não! — eu gritei, enquanto Beau deslizava da minha mão. Ele caiu para a escuridão mortal da fissura.

Por um momento nossos olhares se cruzaram. Olhei para os olhos de Beau, um verde e o outro marrom, conforme seu focinho se afastava de mim.

O tempo parou. Beau ficou congelado, imóvel, minha mão vazia ainda esticada na direção dele. O mundo todo parou de girar. Fiquei preso no momento em que perdi meu cachorro para sempre.

Então, respirei fundo. E expirei. Beau ainda estava ali, dependurado, olhando para mim. Outra rajada de vento soprou uma espiral de neve para dentro da fissura. E Beau permaneceu ali, congelado por cima da escuridão sem fim.

O tempo não tinha parado. Beau é quem tinha. Pisquei e forcei a vista no meio da sombra.

Beau estava preso.

As paredes da fissura se tornavam uma fenda bem estreita, a poucos metros da beirada, então se abriam outra vez, mais para baixo. Beau estava apertado entre as paredes.

Meu coração parou.

Eu havia lido a respeito. Outros escaladores já caíram em fissuras e ficaram presos desse mesmo jeito, pinçados entre as paredes de gelo. Primeiro, sentem-se aliviados: não caíram até lá embaixo. Mas, então, o calor do corpo deles faz o gelo derreter, e eles caem mais um pouco. E derretem as paredes outra vez, e deslizam mais um pouco. Conforme a fenda vai ficando mais estreita, e eles vão deslizando cada vez mais para baixo, o gelo começa a espremê-los. A esmagá-los. Eles deslizam até chegarem a um ponto em que não conseguem mais respirar. Então morrem, lentamente, esmagados entre duas paredes de gelo.

— Não — gritei para os olhos de Beau, que olhava desesperado para mim. — Não.

Os cães morrem. Mas não o meu cachorro. Não desse jeito.

Não o meu cachorro, que surgiu da escuridão para espantar aqueles trombadinhas. O cachorro que me tirou de um rio. O cachorro que me seguiu montanha acima durante uma nevasca. O cachorro que tentou pular sobre a morte porque eu insisti. Meu cachorro.

Tentei me esticar, mas sabia que não tinha jeito. Ele estava esmagado a quase dois metros para baixo, muito além do alcance dos meus dedos. Beau chorou. Tentou latir e escorregou mais alguns centímetros.

— Segure-se aí, Beau! — gritei. Então eu me lembrei da corda na minha mochila. E do jogo preferido de Beau. Cabo de guerra.

Levantei, peguei a mochila e a abri, arrancando uma corda enrolada de dentro, e voltei para a beirada da fissura. Dei algumas voltas em torno da minha cintura e me certifiquei de que haveria corda o bastante para alcançá-lo, e então amarrei um nó na outra ponta.

— Muito bem, amigão! — gritei para seu olhar aterrorizado. — Hora do cabo de guerra, está bem? Você quer brincar?

Beau chorou em resposta e deslizou mais alguns terríveis centímetros. Enterrei os joelhos na neve áspera o máximo que pude e joguei a ponta da corda lá dentro da fissura.

Ela balançou na frente do rosto de Beau. Ele não agarrou. Mexi-a na frente do focinho dele e ele balançou a cabeça para se livrar dela.

— Não, Beau! Pegue! Cabo de guerra! — Minha voz estava aguda e em pânico. Parecia estranha aos meus ouvidos, como se eu estivesse ouvindo outra criança gritando. Os olhos de Beau se afastaram ainda mais. Meus músculos tremiam e minha barriga inflava e se contraía. Lágrimas quentes começaram a brotar nos meus olhos. E eu não parava de gritar. — Agora, Beau! Segure, garoto! Segure na corda! Por favor!

A corda balançou na frente do focinho dele. Beau avançou com a mandíbula e a agarrou. Senti o peso dele puxar pela minha cintura.

— Isso! Bom garoto! Bom garoto! Segure firme!

Comecei a puxá-lo. Ele não se mexia no começo, mas eu não ia desistir de jeito nenhum. Lancei meu corpo para trás e ele se soltou da prensa mortal de gelo. Mão após mão, eu o puxei para cima, minhas costas e braços queimando de dor, mas sem diminuir o ritmo nem por um segundo. Os dentes de Beau estavam travados na corda, e eu rezei para que ele não se soltasse nem perdesse a força. Quando ele estava quase no topo, a trinta centímetros da borda, fiquei de pé em um último impulso e caí para trás.

A cabeça e as patas da frente de Beau surgiram sobre o gelo. Deitado de costas, pude vê-lo entre meus pés, tropeçando no gelo com as patas da frente. Puxei a corda com toda a força que eu ainda tinha nos braços, e Beau, ainda agarrado à corda com os dentes, saiu da fissura e veio para o meu peito.

Fiquei de costas, respirando com dificuldade, olhando para o céu. Beau se sacudiu, choramingou e pulou em cima de mim. O peso dele pressionou o pouco ar que eu tinha nos pulmões, mas não o afastei. Abracei meu cachorro com todo o carinho e fechei os olhos.

— Eu quase te perdi ali, amigão — falei, ofegante, com o rosto em seu pelo. Senti seu rabo abanando em mim. — Me desculpe — eu disse aquelas palavras, e lágrimas intensas começaram a surgir. — Me desculpe de verdade.

Assim que disse aquilo, não tinha mais como evitar. Enterrei o rosto no pelo gelado do meu cachorro e chorei, com grandes soluços que nos fizeram tremer juntos. Tentei respirar entre um soluço e outro, mas o ar era tão parco que ficava difícil. Então ofeguei e chorei, engasgado com minhas próprias lágrimas. Eu me arrependia de tanta coisa.

Finalmente, funguei, senti um arrepio e tirei Beau de cima de mim. Virei de lado e fiquei de joelhos. Limpei as lágrimas dos meus olhos na manga, assim elas não congelariam na minha pele. A escuridão era imensa à minha volta. Como a sombra de um pé grande sobre a minha cabeça. Fiquei ajoelhado no gelo naquele breu e olhei montanha acima, entreabrindo os olhos para enxergar diante da tempestade.

Foi quando aconteceu. O que eu tanto vinha esperando.

O vento uivou bem agudo. A neve veio caindo de lado, bem no meu rosto.

Então, um silêncio sem igual. Uma tranquilidade, como se fosse um sonho. As rajadas de neve pararam de soprar. A tempestade se abriu e lá estava: imensa, linda e tão próxima que eu quase podia tocar.

Eu estava de joelhos sozinho na neve, com a morte ao meu redor, e vi a montanha.

Não sozinho. Beau estava ao meu lado, é claro. E a montanha estava diante de mim. Branca e resplandecente, impossivelmente colorida pelo brilho da lua. Um branco chocante e imutável em contraste com o negrume do céu e da tempestade.

O Monte Rainier é uma montanha maravilhosa. Feroz e orgulhosa. Quase raivosa contra o céu.

Meu queixo caiu. Meu coração desabou em uma fissura no gelo e voltou voando.

Minhas mãos procuraram o zíper do meu casaco. Tirei rapidamente a câmera dali de dentro e a segurei diante de tudo aquilo que eu vinha buscando. Eu não sabia se a montanha, tão grandiosa, caberia no pequeno enquadramento. Mas eu a segurei e apontei para cima, pressionando o dedo com a luva sobre o botão.

Nem soube dizer se a foto foi tirada. Talvez meu dedo, tão dormente dentro da luva, não tivesse pressionado o botão por completo. Talvez os componentes eletrônicos dentro da câmera tivessem congelado naquele frio insuportável. Mas eu ergui a máquina e vi através daquele buraquinho retangular a montanha que eu viera descobrir e conquistar.

Era estranho como uma coisa podia parecer tão próxima e tão distante ao mesmo tempo. Como se eu pudesse tocá-la, mas poderia andar um dia e noite inteiros e não chegar lá.

Perdi o fôlego e baixei uma mão até a cabeça de Beau. Ele estava parado, como sempre, ao meu lado.

— Eu não quero morrer — disse. Olhei para Beau e falei por entre lágrimas. — Eu não quero morrer, Beau. Não aqui.

Assim que eu disse essas palavras, em voz alta naquela escuridão, com a imensidão da montanha à minha frente, toda a raiva e solidão que atormentavam meu coração dissiparam-se como as nuvens do pico da montanha.

Pensei na garçonete do restaurante, naquela primeira noite longe de casa. Pensei em como ela havia tentado me ajudar. E como eu ficara com raiva daquilo. Gostaria de poder voltar. Pensei naquela garçonete e em sua ajuda, e levantei um pé e o plantei na neve.

Pensei no garoto que havia me batido. Lembrei dos olhos dele quando vira minha cabeça, minha ausência de cabelo. E como ele deixara dinheiro para mim. O dinheiro era meu, eu sei, mas eu era um estranho com uma cara ensanguentada e ele havia me dado uma coisa que não precisava dar. Coloquei o outro pé na neve e me levantei.

Pensei nos três anjos, cantando suas músicas em uma cozinha quente, em uma manhã fria da cidade. Pensei nas vozes delas e quase pude ouvi-las, quase senti o cheiro da comida que elas colocaram nas minhas mãos, e dei um passo à frente.

Não, não para a frente. Um passo para trás. Um passo para descer da montanha. Um passo em direção à minha casa.

Pensei na pequena Shelby, sentada em um ônibus a caminho de ver seu pai. Magoada e irritada. Mas ainda assim querendo fazer amizade com o garoto esquisito e magricela sentado atrás dela. Mais dois passos, tropeçando, mas ainda descendo a montanha. Beau vinha tremendo do meu lado.

Pensei no motorista do circular, que percebera que eu era um ladrão, mas que, mesmo assim, ia interromper seu trabalho para me dar uma carona para casa. Dei mais um passo.

Pensei em Wesley. Pensei no filho que ele havia perdido, tão longe e morto. Pensei no sanduíche que ele me dera, e na música de seu rádio, e no cheiro da fumaça de seu charuto, sem falar em seus olhos, quando me deixou na montanha. Pensei no que Wesley disse — "Estamos nessa juntos" — e continuei andando.

Pensei na minha mãe e no meu pai. Nas longas noites em hospitais. Nos choros calados quando achavam que eu estava dormindo. Nos sorrisos corajosos para me alegrar. Pensei em tudo isso, e senti a dor disso tudo.

Pensei em Jess. A melhor das melhores amigas. A visitante fiel. O sorriso mais caloroso. As vezes em que ela se sentara na cama ao meu lado sem precisar dizer nada. Só ficar ali. A guardadora de segredos. Pensei nas últimas palavras que a ouvi gritar, quando estava prestes a desligar o telefone: "Eu preciso de você".

Eu não precisava pensar em Beau. Ele ainda estava ofegante ao meu lado. O amigo sempre presente. Que me seguia aonde quer que eu fosse. Que me tirou de rios congelantes e me livrou de fissuras que eu não vi. Que pulou para a morte só para ficar comigo.

Eu não me sentia mais sozinho naquela montanha. De jeito nenhum. Eu podia senti-los, todos juntos à minha volta. Achei que conseguiria fazer aquilo sozinho. Mas não. E eu não queria mesmo.

Não existe essa de solidão. Essa é a mais pura verdade.

Eu respirava o mais forte que podia — inspirações grandes, de boca aberta, como um peixe no fundo de um barco. Meus pulmões ainda pareciam vazios. Não havia ar suficiente para me sustentar. Mas eu continuava seguindo em frente.

Eu me arrastei montanha abaixo, ao lado da fissura. Não ia fazer Beau pular aquela coisa de novo. Eu iria até o fim dela e daria a volta. Descer a montanha era o mais importante.

Eu não estava mais com frio. O vento ainda batia de um lado e de outro, e ainda penetrava as mangas e a gola da minha roupa. A neve ainda dava pontadas no meu rosto. Meus pés, mãos e nariz ainda estavam dormentes. Mas eu não estava com frio.

E não estava mais com raiva.

Nem um pouquinho.

Isto é uma coisa que eu entendo: tudo. Atravessar aquela montanha, dando passos na neve, era tudo de que eu precisava. Pensei em toda a minha doença, em toda a minha raiva, em todo o meu medo. Tudo aquilo era só a escuridão, só a tempestade. E eu me perdi nelas. Mas sempre há o outro lado da tempestade. E as pessoas que levam você até lá.

O mundo inteiro é uma tempestade, eu acho, e todos nós nos perdemos em algum momento. Vamos atrás de montanhas no meio das nuvens para que tudo pareça valer a pena, como se isso tivesse algum significado. E, às vezes, nós as encontramos. E seguimos em frente.

Eu segui em frente.

Talvez por horas. Não faço ideia. Só sei que foi ficando mais escuro e mais quente, e eu continuei em frente. O vento ficou tão forte que quase me soprou da montanha, mas eu segui em frente. Mal consegui me ater a um só pensamento, mas segui em frente.

Continuei andando até a hora em que parei.

Tropecei muito naquela última caminhada ao lado da fissura. A cada poucos passos eu tropeçava, para falar a verdade. E simplesmente ficava de pé de novo e seguia em frente. Mas chegou uma hora em que tropecei e caí na neve, com o vento sobre mim, e não consegui me levantar novamente.

Por algum tempo, nem percebi que não tinha conseguido me levantar. Meu cérebro não estava mais funcionando direito por causa do frio, do cansaço e do ar com pouco oxigênio. Eu vinha caminhando atônito como um fantasma, só com rostos da minha memória me guiando. Foi só quando senti Beau me cutucando com o focinho que pisquei e vi que estava deitado. Havia neve sobre o meu braço, suficiente para dizer que eu estava deitado ali havia alguns minutos.

Fixei a vista naquela ventania. Logo à frente, no meio da neve, vi uma sombra mais escura. Era uma saliência, uma pequena falésia, com um vazio por baixo. Fiquei sobre as mãos e os joelhos.

— Eu preciso descansar — disse a Beau, embora meus lábios estivessem tão adormecidos pelo frio que quase saiu como um murmúrio. — Só um pouco.

Ele gemeu de volta. Parecia tão fraco quanto eu.

Arrastei o corpo até a cavidade.

Beau andou do meu lado, tão perto que quase o senti embaixo de mim.

Eu amava aquele cachorro.

Havia um pequeno espaço, uma pequena cavidade, livre de vento. Provavelmente estava frio de rachar, mas eu já não sentia mais nada dessas coisas. Apenas senti que o espaço era macio, tranquilo e quieto. Beau se enrolou do meu lado, bem perto de mim, e deitou a cabeça no meu peito. Ele estava tremendo. Pus meu braço sobre ele.

Pensei no meu caderno, mas não adiantava de nada. Meu cérebro não conseguiria contar sílabas ou sons. E minha mão não tinha forças para segurar um lápis. E talvez não houvesse mais nada a ser dito.

Tentei pegar a câmera debaixo das camadas de roupa, mas a dormência das minhas mãos e dedos já tinha tomado conta dos braços também. Fiquei ali deitado naquela escuridão, respirando o ar frio e rarefeito.

Pisquei os olhos. De vez em quando eu piscava por um bom tempo. E as lembranças surgiam na minha mente. Os rostos. Todas as coisas boas. Foram elas que resistiram à tempestade. Sorri na escuridão.

— Eu quase consegui — murmurei para Beau, sem saber ao certo se me referia ao topo ou à minha casa.

Em algum momento, acordei com um sobressalto e percebi que Beau não estava sob o meu braço.

Dei um pulo na escuridão e olhei em volta. Tinha vento, tinha escuridão e tinha neve. Mas nem sinal de Beau.

Meu cachorro havia me deixado.

Engoli uma vez, com dificuldade.

Então deitei de novo.

Esse tinha sido o meu plano. Eu escalaria a montanha. Provavelmente não voltaria. Se eu morresse, Beau saberia encontrar o caminho de volta. Ele era um cachorro, e um dos bem inteligentes. Saberia a hora de me deixar, saberia seguir nosso caminho de volta, até as pessoas que o ajudariam. Esse era o meu plano.

Mas ainda assim era difícil. Difícil ser deixado para trás. Difícil entender que ele havia me deixado para trás, ali, sozinho. Mas eu queria que ele fosse embora. Queria que ele vivesse. Essa é a mais pura verdade.

— Adeus, amigão — sussurrei para a tempestade. Acho que nenhum som saiu da minha boca. Mas meus lábios se moveram. — Boa sorte. Eu te amo, Beau.

O vento me envolveu, e a escuridão também.

Eu estava sozinho. Mas nem um pouco, na verdade.

Meu rosto sorriu naquele frio quando pensei que meu cachorro desceria a montanha rumo a braços abertos, mãos solícitas e casas quentinhas. E pensei nele voltando para Jess, para meus pais, tão distantes. Mas tão próximos. Bem ali, comigo. Sorri em meio ao frio.

E fechei os olhos para morrer.

CAPÍTULO
13½

Dias tirados do tempo.

Semanas que são uma vida.

Vê-lo voltar para casa.

Jessie viu o mundo girar à sua volta nos dias após encontrarem Mark na montanha. Câmeras de TV; médicos; repórteres; polícia; os pais de Mark incluindo-a como se fosse parte da família. Os três foram de carro até as montanhas, atravessando a nevasca, seguindo o caminho de Mark até Seattle. A mãe dele não desgrudava do celular, recebendo atualizações das autoridades, do coordenador de buscas e resgates, da polícia estadual, do Serviço Nacional de Parques. Ela comunicava as novidades assim que chegavam aos ouvidos dela, dividindo-as com o pai de Mark e Jessie.

As equipes de resgate subiram, no meio da tempestade, no meio da escuridão e do perigo, e o encontraram acomodado em uma cavidade sob uma pequena falésia. Tão imóvel que acharam que ele estivesse morto.

Mas não estava. Não exatamente. Ainda não.

Por causa da situação das estradas, ele chegou ao hospital de Seattle voando por entre as nuvens em um helicóptero médico.

Jessie e os pais dele correram até lá, escoltados pela polícia e por repórteres que não paravam de gritar. E lá estava ele: pálido e magro como um cadáver, deitado na cama e conectado a uma porção de tubos, bombas e máquinas. Não estava se movendo. Os médicos listaram todas as coisas que ele tinha: ulceração pelo frio, desidratação, exaustão, hipotermia, choque. Câncer.

A jornada toda fora muito desgastante. A falta de sono. A má alimentação. O estresse. A ausência de seus medicamentos, por um bom tempo. Justo no momento em que seu corpo estava começando a ruir.

Ele ficou desacordado por dias, e tudo o que eles podiam fazer era esperar sentados ao lado dele, ouvindo o que os médicos tinham a dizer.

— Já era para ele estar morto — um médico disse certa vez, e Jess quase lhe acertou um murro.

"Não era para ele estar morto coisa nenhuma!", ela queria gritar na cara dele. "Ele nem deveria estar doente!" Mas socos e gritos não ajudariam em nada, e ela não queria ser expulsa de lá. Precisava ficar ali, com Mark, ao lado dele.

Ela estava lá quando ele finalmente acordou. Suas pálpebras vacilaram; ele se mexeu e seus olhos se abriram, encontrando os dela, sozinha no quarto com ele. Os pais dele estavam no corredor, conversando com os médicos.

Ele sorriu, um sorriso fraco.

— Oi, Jess.

Jessie abriu a boca, mas nenhum ar saiu por seus pulmões. Como se o ar fosse muito leve. Os olhos dela embaçaram.

— Estou morto? — ele perguntou. Não parecia com medo.

Jessie mexeu a cabeça de um lado para o outro.

— Não — ela respondeu, com a boca trêmula.

— Ah — disse Mark, a voz pacífica, suave e só um pouco surpresa. Os olhos verdes dele estavam muito calmos, úmidos e brilhantes, e sua cabeça estava bem calva na brancura do travesseiro. — Ótimo.

E foi isso. Ah, ótimo.

Mas, então, uma súbita preocupação pairou em seus olhos. Ele levantou a cabeça do travesseiro.

— E quanto ao Beau? Beau está vivo?

Jess piscou, depois piscou outra vez. Ela desviou o olhar de Mark, para fora da janela por onde entrava a luz do sol, pensando em Beau.

Então ela lhe contou.

Disse que a equipe de resgate começara a procurar no meio da nevasca. Uma ligação para a linha direta dera a pista de que Mark tinha ido de Paradise até a montanha. Eles não acharam que teriam qualquer chance de encontrar um menino mirrado, naquele tempo, no meio daquela montanha. Mas ela contou a ele que, a menos de um quilômetro do estacionamento, viram um cachorrinho preto e marrom, com um olho de cada cor, descendo até eles. Congelado. Tremendo. Latindo. Ela contou a ele que, quando tentaram pegar o cachorro no colo, ele fugiu deles, levando-os de volta para a montanha.

Ela lhe contou que eles seguiram aquele cachorrinho trêmulo, que se embrenhou no meio da neve. Mesmo quando ele saiu da trilha, eles seguiram o instinto e continuaram com o cachorro.

Contou a Mark que ele deu um latido para alertá-los de que havia uma fissura mortal. Que ele hesitou por um momento antes de atravessar a fenda, mal conseguindo chegar do outro lado.

Também contou que seguiram aquele cachorrinho até exatamente onde estava Mark, enrolado e quase morto de frio. Ela contou a ele que aquele cãozinho voltou mancando até seu dono e caiu bem ao lado dele, com o queixo repousado nas luvas congeladas de Mark.

Beau não o deixou para trás, ela disse. Ele foi buscar ajuda. E conseguiu.

Mark nem sequer limpou as lágrimas das bochechas.

— Jess. E ele sobreviveu? Ele está vivo?

Jess fungou, limpou as lágrimas dos olhos e sorriu.

— Sim — ela disse, rindo em seguida. — Ele está vivo. Eles não conseguiram tirá-lo de perto de você. Tiveram que carregá-lo na maca, bem em cima de você. O veterinário ficou impressionado. Disse que não tinha como ele ter sobrevivido a tudo aquilo.

Ela esticou o braço e segurou a mão de Mark.

— Mas ele tinha que sobreviver. Para salvar você.

Os cachorros morrem, talvez. Mas uma amizade, não. Não se a gente não quiser que ela morra.

Mark estava um trapo humano. O corpo dele estava murcho e des-gastado por tudo o que passara. Mas seus olhos tinham mais vida do que nunca. Ele descobrira uma coisa, lá em cima na montanha. Algo que ficaria com ele para sempre.

— E ele tem alguma chance? — os pais dele perguntaram ao médi-co, quando Jessie ficou lá ao lado de Mark, dormindo. Os pais estavam de mãos dadas. — Ele tem como vencer o câncer?

O médico deu de ombros, mas foi um dar de ombros sorridente.

— Eu diria que ele precisa de um milagre — respondeu. — Mas esse garoto tem bons antecedentes de milagres. Por isso eu aposto que o Mark vai vencer.

Eles deixaram as câmeras e os jornalistas de fora. Ele era o grande furo de reportagem. O garoto com câncer que havia fugido. O garoto moribundo que queria escalar uma montanha. Alguns acharam que ele era um imbecil. Outros acharam que ele era um herói. Todos queriam ouvir a história dele.

Mas só uma pessoa ouviu. A única que ouvia tudo.

Durante todos aqueles dias, que formaram semanas no hospital, Jessie ficou ao lado dele.

— Quero contar tudo a você — ele disse. — Tudo. E depois quero que você conte a minha história.

Jess balançou a cabeça.

— Eu... eu não posso.

Ele sorriu.

— Pode. Pode, sim. Você é a única que pode. Você sempre foi a melhor com as palavras. — O sorriso dele desapareceu. — Eu preciso de você, Jess. Antes que eu esqueça de tudo. — Sua voz, então, ficou baixa. — Ou no caso de eu não resistir. Eu preciso que você faça isso por mim.

E Jessie, é claro, concordou. Para algumas coisas, não tem como dizer não.

Então eles se sentaram no hospital e ele contou tudo a ela. Eles folhearam o diário manchado de neve e leram as palavras que ele havia escrito. Olharam para as fotos que ele havia tirado.

Ela viu o relógio quebrado na plataforma do trem, e ele contou a ela que tinha ficado irado, com raiva da vida, raiva do tempo que estava se esgotando para ele.

Ela viu o pequeno restaurante, cheio de luzes de neon, naquela cidade escura. Disse a ela que se sentiu mal, que teve medo, raiva — raiva até de uma mulher que tentou oferecer carinho.

Ela viu a foto embaçada de um rosto irritado, com um soco preparado, olhando bem na direção da câmera. E ouviu sobre dor, murros e dinheiro sendo deixado para trás, e sobre um cachorro que enfrentaria qualquer coisa para proteger seu dono.

Jessie viu a foto de um pequeno corredor com três mulheres envolvidas no vapor de uma cozinha, e a foto de um garoto careca e ensanguentado no espelho do banheiro; também ouviu sobre as vozes de anjos e quanto à decisão de seguir em frente.

Ela viu a foto de uma menininha em um ônibus. E, depois, a foto de Mark, com o boné e um sorriso no rosto, o mundo girando do lado de fora de uma janela de ônibus. E ela ouviu a respeito de poemas e raiva compartilhados, e que a raiva só faz sentido quando você está preso no meio dela.

Ela viu um cachorro perto de uma fogueira, em uma ilha perdida no escuro, inundada pela chuva. E ouviu sobre o medo, sobre a amizade e sobre o calor no frio. Luz na escuridão.

Ela viu as luzes traseiras de uma caminhonete verde indo embora. E ele lhe contou sobre filhos perdidos que não podiam ser ajudados, e música country, e a confusão de um homem bondoso que não sabia que caminho trilhar.

Viu uma fenda negra esperando para engolir um garoto moribundo e seu cachorro. E ouviu como o garoto foi salvo pelo cachorro, e depois como o cachorro foi salvo pelo garoto.

Finalmente, ela viu uma montanha. Gloriosa. Majestosa. Linda. E ouviu sobre paz. Sobre amor. Sobre como tudo pode fazer sentido e ser compreendido.

E Jessie ouviu cada palavra. E se perguntou como algum dia seria capaz de escrever aquela história. Mas ela sabia que escreveria. Porque seu amigo havia lhe pedido isso.

Ele nunca perguntou se ela guardara seu segredo. Nunca perguntou para a polícia ou para seus pais sobre a ligação que levara ao seu resgate. Se fora a voz rouca de um homem mais velho ou a voz amedrontada de uma garota. Mas ele sabia que tinha sido apenas uma ligação. E isso era o suficiente. Os dois sabiam. Um havia ligado. Os dois tentaram ajudá-lo.

Em todos aqueles dias no hospital, Mark e Jessie só contaram a verdade um para o outro. Exceto, talvez, por uma vez.

Estava quase no fim da história, no fim de um dia longo. O horário de visitação estava quase no fim, e ele estava cansado. A voz dele estava fraca, sussurrada. Como penas. A pergunta a surpreendeu.

— Eu cheguei perto? — ele perguntou. — Do topo, quero dizer? Eu queria escalá-la. Chegar ao topo. Eu pelo menos cheguei perto?

Jessie hesitou e apertou a mão de Mark de um jeito só dela.

— Sim — ela respondeu, depois de alguns instantes. — Sim, você chegou perto.

Há mais de um tipo de verdade. Existe a verdade que você pode medir, a verdade dos mapas, dos gráficos e dos livros de história. E talvez, nesse tipo de verdade, Mark não tenha chegado ao topo. Talvez ele nem tenha chegado perto. Talvez, nesse tipo de verdade, ele tenha se perdido e saído da trilha, e não tenha ficado nem perto de chegar a lugar algum.

Mas no outro tipo de verdade, o tipo de verdade que você sente de uma maneira mais profunda, nesse tipo de verdade os mapas não têm importância. Nesse tipo de verdade, o garoto careca e magricela, com uma doença que o devorava por dentro, e o cachorrinho marrom, com um olho verde e outro marrom, chegaram mais longe que qualquer um jamais chegou. Eles foram mais longe do que mentes e mapas podiam alcançar, mas não mais longe que seus corações podiam imaginar.

Nesse tipo de verdade, Mark conseguiu chegar até o fim. Ele chegou ao topo de todas as montanhas.

O que Jessie disse não era uma mentira. Era só um tipo melhor de verdade.

Naquela noite, no quarto de hotel, Jess começou a tentar contar a história de Mark, como ele havia pedido. Ela pegou um caderno e um lápis, e tentou colocar tudo no papel.

"Mark estava doente", ela começou. Mas não parecia certo. Não estava muito bom. Beau estava sentado ao lado dela, com o corpo quente contra sua perna. Animais de estimação não eram permitidos no hotel. Mas eles deram uma permissão especial a ele.

"Mark estava tão doente que teve que partir", ela tentou de novo. Não.

"Mark...", ela tentou mais uma vez, mas riscou imediatamente. Percebeu que não conseguiria contar a história dele daquela maneira. Ela tinha que contar a história dele do jeito dele. A história merecia isso. Ele merecia isso.

Ela arrancou a página do caderno e a jogou no chão.

Mordeu o lábio e respirou fundo.

Sabia o que tinha que fazer. E, uma vez que começou, não parou mais. Não até que a história do melhor amigo e de seu cãozinho fosse contada, e contada direito. Essa é a mais pura verdade.

Ela pousou o lápis no papel e começou a escrever.

"A montanha estava me chamando", ela escreveu. "Eu tinha que fugir. E como tinha..."

AGRADECIMENTOS

Tenho muita sorte e gratidão por ter recebido tanto apoio na minha jornada como escritor, de tantas pessoas diferentes. Tantas pessoas que, para falar a verdade, eu nem conseguiria começar a listar todas aqui. Eu nunca me perdoaria se deixasse alguém de fora. Então, em vez disso, direi apenas uma coisa: obrigado. A todos vocês. Para cada um de vocês que ajudou, encorajou, alegrou e acreditou durante todos esses anos. Seja você minha esposa, minhas filhas, um amigo de infância ou de faculdade, um amigo adulto, um sogro, um pai, uma irmã, um colega de trabalho, um professor, um agente, um editor, um estagiário, um aluno, um chefe, um primo, uma tia, um tio, um avô, um designer gráfico, um membro do clube de escrita, um organizador da conferência de escrita ou qualquer um que tenha estado ao meu lado durante esse período: obrigado. E, se você está se perguntando se eu notei você, se eu me lembro de você e o incluí aqui, a resposta é "sim". Acabei de fazê-lo. E sempre o farei. Obrigado.